Frufru Rataplã Dolores

Livros do autor na Coleção **L**&**PM** POCKET:

111 ais
99 corruíras nanicas
Continhos galantes
Duzentos ladrões
Frufru Rataplã Dolores
A gorda do Tiki Bar
O grande deflorador
Mirinha
Nem te conto, João

Dalton Trevisan

Frufru Rataplã Dolores

www.lpm.com.br

Coleção **L&PM** POCKET, vol. 1062

Texto de acordo com a nova ortografia.

Seleção de textos em livro publicado pela Editora Record

Primeira edição na Coleção **L&PM** POCKET: julho de 2012

Capa: Fabiana Faversani sobre desenho de Poty
Revisão: Patrícia Rocha, Guilherme da Silva Braga

CIP-Brasil. Catalogação na Fonte
Sindicato Nacional dos Editores de Livros, RJ

T739f

Trevisan, Dalton, 1925-
 Frufru, Rataplã, Dolores / Dalton Trevisan. – Porto Alegre, RS: L&PM, 2012.
 128p. (Coleção L&PM POCKET; v. 1062)

 ISBN 978-85-254-2698-7

 1. Conto brasileiro. I. Título. II. Série.

12-4328.   CDD: 869.93
      CDU: 821.134.3(81)-3

© Dalton Trevisan, 2012

Todos os direitos desta edição reservados a L&PM Editores
Rua Comendador Coruja 326 – Floresta – 90220-180
Porto Alegre – RS – Brasil / Fone: 51.3225-5777 – Fax: 51.3221.5380

Pedidos & Depto. comercial: vendas@lpm.com.br
Fale conosco: info@lpm.com.br
www.lpm.com.br

Impresso no Brasil
Inverno de 2012

SUMÁRIO

Frufru Rataplã Dolores 7

João é uma lésbica 14

A última ceia 22

Noventa cigarros por dia 32

Feliz Natal 42

Doce mistério da morte 53

O quinto cavaleiro do apocalipse 63

A velha querida 81

O menino do Natal 91

O caniço barbudo 99

O anão e a ninfeta 111

Frufru Rataplã Dolores

– Primeiro a Frufru. Só queria mamadeira e folha de couve. Com ela passeava na rua. Nove anos vivemos uma para a outra. O aniversário a 7 de setembro. Ganhava fitinha vermelha no pescoço. Uma fatia do bolo de chocolate.

Nas férias deixou-a com a vizinha. Sendo virgem, proibiu namorado. De volta, correu para o quintal. A vizinha ria-se, divertida:

– Frufru é coelho.

Rodeado de coelhinhos, todos filhos. Morreu de velho, a menina ficou tristíssima, vestiu luto.

– Olhe a feiticeira – resmungava a mãe.

Depois o grande Pierrô. Vê-lo – de verde gaio vestido – foi amá-lo. Chamado pelo título – General Pierrô! – erguia a cabecinha, que lhe coçasse o papo amarelo, inchado de gozo. Aos pulos atrás dela pela casa.

No tapete novo largava tirinha bem preta. Ela ensinou-lhe boas maneiras: desviar o tapete, preferir o canto da sacada. E às nove em ponto se recolher à sua caixa de sapato para o sono da beleza.

Engordava para ele tantas moscas por dia. E arrancava as asinhas para não fugirem. Guloso, queria no mínimo dez. Naquele inverno a caça desesperada por mosca. O general definhava, pálido. Levou-o para o banhado, ela também mosquinha de asa arrancada:

– Tiau, meu pobre Pierrô.

Fugiu sem olhar para trás. De noite, chorando, ouvia os saltos em volta da cama.

Então o guapeca Til, branco, mancha preta no olho, pitoco.

E o bagre bigodudo – um velho safado – com nome e apelido secreto. Esse vivia solto na banheira. Ao tomar banho, ela enchia de água uma garrafa, estralava dois dedos. Ele atendia ligeirinho. Sem piscar, colava a boca no vidro. A moça tinha de cobrir o pequeno seio.

Já a mãe não conseguia ser obedecida. Discutia com ele, gritava para a moça. Que o chamava docemente pelo apelido. Pronto se enfiava na garrafa.

Rataplã era o gato siamês. Olho todo azul Magro de tão libidinoso. Pior que um piá de mão no bolso. Vivia no colo, se esfregando, ronronando.

– Você não acredita. Se eu ralhava com ele saíam lágrimas azuis daquele olho.

Adivinhando a hora de sua volta da escola, trepava na cadeira e saltava na janela. Ali à espera, batendo o rabinho na vidraça.

Doente incurável. O veterinário disse que teria de ser sacrificado. A moça deitou-o no colo. Ela mesma enfiou a agulha na patinha. E ficaram se olhando até que suspirou e morreu nos seus braços.

Nem quando o pai se finou ela sentiu tanto. Agora só ela e a mãe. Sem namorado, brincava com a bruxinha de pano.

– De sapeca o que de boba.

Conheceu o João na faculdade. Primeiro dia que falaram, ele avisou:

– Menina, você é minha noiva.

Oito meses de namoro. A mãe fazia tricô na sala. Para casar, ele desistiu do estudo, vendia livro a prestação. Primeira noite a famosa camisola branca. No banheiro ela se enfeitou, vestiu a camisola de laços e fitinhas. Ele no pijama azul de bolinha, lendo jornal e fumando.

Não foi muito bom. Perdido em contemplação, rolava e gemia:

– Ai, Maria. Minha Mariinha. Queridinha. Tão bonitinha.

Meio enjoada com tanto carinho. Cinco noites para deixar de ser virgem. Sempre no escuro, só descobriu muito depois. João a manipulava e afinal se aliviava no lenço de iniciais por ela bordadas. Para ter os dois filhos só Deus sabe a luta.

– A posse não é nada – ele suspirava lá do fundo.

Bastava-lhe adorá-la, ora Santa Teresinha, ora a rainha do Caneco de Sangue.

Uma tarde, grávida do segundo filho, prontos para ir à feira. Bateu na porta um negro com cesto de laranja. João disposto a regatear.

– Você na frente, querida. Eu já vou.

Mas não foi. De volta, ela achou tudo em ordem. Não era demais a ordem? Mesa arrumada. Cama cuidadosamente estendida. Fruteira transbordava de laranja, nem era doce. Na casa imaculada João só esqueceu da catinga do negro, medonha no quarto.

Mais soluçante de amor, menos a procurava. Obrigada a tomar a iniciativa.

Daí a visita da amiga com o filho de treze anos. João na maior aflição:

– Quer ver os gatinhos?

Eram os filhos do Rataplã. Pegou o menino pela mão, foram para o quintal. Quinze minutos, o menino de volta. Estava lívido e trêmulo. Mais que isso: transfigurado. Não saiu de perto da mãe. De noite acordou aos gritos. A mãe perguntou o que era.

– Aquele homem esquisito.

Três dias mortalmente pálido, nunca mais o mesmo menino.

– Vamos passear, João?

– Ai, que preguiça. Vá você, meu amor. Com o André.

A moça decidiu que era o fim:

– João, por que você é dois?

Cinco anos casados, ela exigiu a separação. Conselho do padrinho – o famoso doutor André –, foi amigável o desquite. Dela a guarda dos filhos.

Visitada todo dia pelo padrinho, perfumado, barba branca, na flor dos sessenta anos. Afastado havia quinze anos da mulher. Muito sofrido, morando em hotel.

Sem aviso abria-se a porta, era o João. Pretexto de ver os meninos, corria baboso atrás dela:

– Mariinha. Minha dondoquinha.

– Ai, que enjoo.

O primeiro e segundo beijo roubado pelo padrinho. Uma noite ele não voltou ao hotel. Mordiscando o seio direito:

– Aqui o pão.

Depois o esquerdo:

– Aqui o vinho.

Se eram iguais, por que sabiam diferente?

– Agora molho o pão no vinho.

De manhã ele disse:

– São três casas. A de minha mulher, o hotel, mais esta. Três despesas. Por que não fico aqui?

– Está bem. Meu marido eu o aceito. Diante de meus filhos. Só tem uma coisa.

– Que é, amor?

– Dou um ano para se desquitar. Nem mais um dia.

Cobriu-a de joias o doutor André. Comprou-lhe o apartamento. Móveis novos, tapetes e cortinas. Bem-comportado na cama, ótimo garfo. Queria viradinho, torresmo, ovo frito dos dois lados.

Brigava muito com os meninos. Ele preferia o noticiário. Os piás, desenho animado. A moça comprou tevê pequena para as crianças. Só para ele a grande colorida.

O distinto exigiu servisse primeiro os meninos. Depois, à luz de vela, os dois pombinhos. Regalava-se com beijinho de língua e broinha de fubá mimoso.

– Vamos passear, André?

– Ai, que preguiça. Vá você, meu amor. Com o João.

De visita não queria saber.

– Casada segunda vez – ela telefonou aos amigos. – Seria bom você não aparecer.

Mais que ciumento, ranheta. Das suas pinturas ingênuas:

– Não vejo nada nesses bichos.

Mal perseguia frase melódica ao piano:

– Isso que acha bonito?

Gostava mesmo de couve-manteiga no viradinho.

– Veja só. Não é fantástica?

– Uma simples orquídea.

– Igual não existe.

– Por que você gosta? Só floresce uma vez por ano.

– Ela não sabe – e ainda mais bela.

De um dia para outro choramingava na maior abjeção. Já não a procurava. Desinteresse por tudo, nem abria o jornal. Barba despenteada, cochilava na poltrona diante da tevê. A moça cortava-lhe as unhas, arrastava quase à força para o chuveiro.

Chamado o médico, que o examinou:

– Não tem nada. Só os dentes podres. Caso de anestesia geral.

No hospital arrancados todos os dentes superiores. No lugar a fosfórea dentadura. Embaixo pivô, coroa de ouro, ponte. Ela dava-lhe a papinha na boca.

Com os novos dentes você melhorou? Nem ele. Ocioso, apático, saía para visitar a velha mãezinha. De novo cabeceando diante da tevê ao pé da cama.

Ela recordou o prazo fatal:

– Resolve o desquite ou vai embora.

Uma semana mais tarde:

– Hoje faz um ano.

Ele mal piscou da novela os olhos vermelhos.

– Por favor. Só mais dois dias.

Caridosa, despediu-se pela última vez na cama. Terceiro dia arrumou as malas do velho. Chamou um táxi. Mandou-o de volta para o hotel.

– Este o Branquinho. Gorducho de listas o Arlequim.

No aquário os sete peixinhos têm nome.

– Dizendo ninguém acredita. Eles me conhecem. Olhe só.

Mergulha na água o dedo que um por um mordiscam debaixo da unha branca.

– Está vendo a tartaruga ali na varanda?

Ao ouvir o seu chinelo ergue a cabeça nua da casca. Já atende por Dolores.

João é uma lésbica

– Do Pretinho um fungo na cauda. Com a tesoura, tlic. Cortei a pontinha. Pingo de iodo, já saltou na água. A manchinha branca sumiu. Veja, está bom, no maior gosto.

O aquário atacado por bactéria assassina. Os queridos peixinhos girando de costas e cabeça para baixo. Em desespero, descabelada, ela roía a unha. Só o Pretinho escapou.

– Sabe que peixe se suicida?

Alucinado de ciúme, ao vê-la entretida com a Dolores, pulou fora do aquário. Ela ouviu o baque e correu. Achou-o no tapete e, mal o aperta no coração, o último suspiro. Conserva-o na caixinha redonda, forrada de pétalas de rosa, ali sobre o piano.

Para consolar, Dolores mordia-lhe docemente o dedinho. Toda manhã o banho de sol na varanda. E mergulhava na bacia à espera da folhinha de alface.

– Uma coruja? Tão triste.

– Para mim é linda. Já viu olho igual?

Amarelo e azul. Do campo, essa prefere inseto.

– Na caça de mosca sou campeã.

– Não prende na gaiola?

– Credo. Solta pela casa. E tem gente capaz de atirar. Dolorosa, não se mexe. Grande olho adorando o seu matador.

De repente, os filhos dormindo, tocava o telefone.
– Alô.
– ...
Era o velho taradinho.
– Alô?
Não como os outros: sem palavrão, gemido, simples suspiro. Só ouvia, nem um pio. Decerto com a mão no bocal.
– É o Mudinho? Foi bom ligar. Estava na fossa. Quais as novas, meu bem?
E disparava a falar. Ou senão:
– Benzinho, agora não posso. Tenho visita. Me desculpe. Tiau.
Vez em quando perdia a paciência:
– Seu taradinho de merda. Teve meningite em criança? Nada mais que fazer? Por que não liga para tua mãe?
Chorrilho de nome feio e batia o fone. Três da manhã, assustadíssima:
– A essa hora, Mudinho? Está bem. Espere um pouco. Faço um café. Volto já. Alô, Mudinho? Está aí? A noite é criança. Sou toda tua.
Excitada pelo café e pelo cigarro, falou demais. João com o menino. Pobre doutor André. O suicídio passional do Pretinho. Após quarenta minutos de monólogo:
– Já disse tudo de mim. Agora a tua vez. Fale, Mudinho.
– ...

– O que você quer. Não sou bonita? Me ver nua?
– ...
– Diga quem é você. Responda, Mudinho.

A mão tremeu no bocal? Um soluço em surdina? Única vez que ele desligou primeiro.

No aniversário o enorme ramo de rosas brancas. No cartão a tremida letra de velho: *Cada pétala é uma lágrima de saudade do meu eterno amor – André.*

– Sabe, Mudinho? Morro de pena dele. No medonho Lux Hotel. De manhã o mate com a velhinha. À tarde cabeceia diante da tevê. De noite ele bebe. Sabe o quê? Conhaque puro. É o fim. Borracho, ele me telefona.

O grito de angústia acende a luz do quarto:
– Mariinha, posso voltar?
– Não pode. Tudo acabado entre nós.
– Então mando o cheque pelo mensageiro.
Noite seguinte:
– Ai, Mariinha. Tão deprimido. Quero morrer.
– Por que, meu bem?
– A Lili casou, você sabe. Não fui porque ela não te convidou.
– Está louco, André. Se eu estivesse com você, não havia motivo. Ainda mais separados.
– Era a filha preferida. Sem ela e sem você. Não tem pena? Muito doente. Com os dias contados.
– Não pode viver nesse quarto de hotel. Por que não faz uma viagem?
Dias depois:
– Posso ir aí?

– Você está bêbado. Sinto muito. Não pode. Se vier começa tudo de novo.

Na própria sexta-feira da Paixão:

– Maria, tenho uma proposta. Te dou um carrinho vermelho. Aprendi uma porção de posições novas.

– André, chega de conhaque. Olhe a pressão.

– Se não quiser, eu corto a mesada.

– Por mim de fome não morro.

– Passe bem, sua cadela – e bateu o fone.

Domingo, duas da manhã:

– Posso ir? Agora? Por favor, Mariinha.

– Aposto não fica em pé. De tão bebum.

– Quem está com você, sua puta? É o João?

– Quem pode ser? Ninguém.

– Então já sei. É o Mudinho. Há, há, há.

– Seja bonzinho. Vá dormir.

– ...

Uma hora depois, língua mais enrolada.

– Maria, eu amo você. Não posso viver longe.

– Você não me ama. Está bêbado. Confunde amor com orgulho. Muito ferido. É um leão que lambe as feridas.

– Ah, leão, é? Quer saber? O que eu sou?

– ...

– Um boi velho atolado no brejo. Perdido, já não se mexe. Sem força de mugir.

– ...

– Não é que uma brisa mais doce alivia o mormaço, espanta a varejeira, promete chuva?

— ...
— A brisa é você, Maria.

Aceitou encontrá-lo a uma da tarde no salão do Lux Hotel. Barba amarela, óculo embaçado, mãozinha fria — um caco de velho.

— Tanto me olha. Que tem a minha blusa?

— Ai, pombinha de cinco asas. É a minha perdição.

— Por favor, André.

— Quero voltar. Não sinto atração por outra mulher. Só você.

— Tanta moça de programa.

— Com elas eu não posso. Já tentei.

— Só conheci dois homens: você e o João. Eu, quando gosto, me entrego todinha.

— Por que não uma vez por semana?

— Você escolhe. Quer passar uma noite comigo? A noite inteira? Me desfrutando à vontade?

— Poxa, você deixa? É só o que...

— Só que é a última. A despedida. Para nunca mais.

— ...

— Ou prefere ser um bom amigo?

— É que eu sinto falta.

— Ainda se queixa. Você que é velho. E eu, moça, acha que eu não?

Ele tirou o óculo para enxugar o olhinho raiado de sangue:

— Tão saudoso, não dormi esta noite. Galo cego pinicando no peito. Um pigarro. Perna trêmula. Três vezes fui ao banheiro.

– Me dá pena, André.
– Será a próstata?
– Não é de mim que precisa.
– Olhe a mesada.
– Não tenho preço.
– Que eu...
– O que você quer é uma segunda mãezinha.

Furiosa, preparou dose dupla. Acendeu um cigarro no outro. Zanzando pela casa, copo na mão, até as seis da manhã. Dormiu sentada na poltrona e acordou com dor de cabeça.

– Que me aconselha, Mudinho? Macho se eu quisesse... Basta ir à janela e assobiar.

– ...

– Se alguém disser: *Eu fui com ela pra cama*. Pode dar uma gargalhada. Que é mentira.

– ...

– E você, Mudinho? Gosta de mulher? Ou prefere homem?

Mais que o provocasse *(sim*, bata só uma, *não*, duas vezes), quieto e calado. Seria o João? Não, já no tempo de João ele telefonava.

– Olhe, Mudinho. Você não tem nome? Então fica sendo João. Tenho de desligar, João. Tiau.

Cada vez mais aflita pela falta de resposta:

– Não sei se é homem ou mulher. Não acredito seja homem. Quem sabe você é lésbica. Não é, Mudinha? O João é uma lésbica. Então ouça bem. Se você quer ajuda eu te ajudo. Toco piano. Acordeão. Sou boa na bateria. Quer aprender música, Mudinha?

— ...

— Quem sabe o problema é com teu marido. Homem a gente prende pelo estômago. Sou grande cozinheira. Te ensino tudo. Até o pozinho que se põe no fim da comida. Aquele pozinho mágico.

Quando não se irritava:

— Não fala, maldito? Por que me tortura? De mim não tem pena? Agora vou desligar, Mudinho. Para nunca mais.

De repente sem chamar dois, três, sete dias. Ela xingava o telefone:

— Fala, taradinho. Fala!

Arregalava bem os olhos:

— Fala, meu escravo. Não sou feiticeira? Não sei encantar os bichos? Vou contar até três, ouviu? Daí você toca. Toca, desgracido. Conto até sete. Se não toca eu te arrebento. Um, dois...

Contando e recontando até o fim da noite.

— Alô. Alô?

Pelo silêncio era ele. Ou ela?

— Mudinho? Meu amor. João, que aconteceu? Por que não chamou? Não podia mais de tanta saudade. Eu te amo. Quem é você, seu bandido? Por que judia de mim? Não vê que estou chorando? Não aguento mais.

— ...

— Você ganhou. Eu sou tua. Faça de mim o que bem entenda. Pode vir. A porta aberta. Te espero toda nua.

— ...

– Mudinho ou Mudinha, seja quem for. Se não vier, eu morro de tristeza. Bebo formicida com guaraná. Ateio fogo às vestes. Me atiro da janela.

– ...

– Deixo um bilhete. Que você é o culpado. Está ouvindo, João? Venha depressa. Não posso mais. Venha, seu grande puto.

– ...

– Por favor. Por favor. Por favor.

A ÚLTIMA CEIA

– Sabe que o Amendoim morreu?
– Qual deles?
– O mais lindo e o mais briguento. Brabo, as nadadeiras ficavam roxas. Mordia os outros e escondia-se atrás da pedra. Dos mais fracos roubava a carne moída. De manhã, ao entrar na sala, dei com ele no fundo. Em pedaços. Os outros se uniram e o estriparam a dentadas.

*

– Mudinho, o que estou fazendo? Adivinhe.
– ...
– Com a mão no aquário. Beijada pelos peixinhos.

*

De cama, com febre, tossindo. Na fossa.
– Briguei com mamãe.
A velha possessiva e despótica. Foi muito castigada.
– Segurava a trancinha e batia minha cabeça na parede.
Será que merecia? Começou com chinelo. Depois tamanco. Enfim vara de marmelo. Quando

apanhava, punha as mãos atrás para se proteger. E a mãe acertava nos dedos, que sangravam.

– Ela me surrou até os quinze anos. Ergueu a mão, que agarrei e dobrei: "Agora a vez da mais forte. Não ouse. Nunca mais!".

Desde então ficaram boas amigas.

*

Meia-noite, cochilando diante do aquário iluminado. No telefone a voz trôpega.

– Como vão os peixinhos?

– Ganhei cestinha que fica boiando. Deito a minhoca, gorda, bem lavada. Eles beliscam deliciados, por entre as frestas.

*

– Você é um bagre. Conhece bagre, Mariinha? É viscoso. Escapa da mão.

*

Segunda-feira, o Mudinho:
– ...
– Alô?
– ...
Ela deixou passar dois minutos.
– Alô?
Ele, nada.
Mais três minutos. O Mudinho, quieto. Derrotada, ela desligou.

*

— Minha mãe já disse: *Esses moços, Mariinha, estão apaixonados. Todos eles. Só você não vê.*
— A culpa é sua.
— Ontem um deles quis me agarrar. Eu detestei: "Nossa combinação não é essa". Abri a porta e me despedi: "Erga-se daqui". O único que se atreveu. Se ele repetir, proíbo a entrada.

*

— Hoje é o último dia.
— Chega de beber, André.
— Vou tirar a aliança do dedo.
— Faz muito bem. A minha já perdi.
— Nunca mais ouve a minha voz. Para sempre. Daí é tarde... Não diz nada?
— Uma coroa de cravos vermelhos eu prometo.

*

Ele telefonou assim fosse o Mudinho. A moça reconheceu a respiração sibilante – esquecido de tapar o bocal.

*

— E se é verdade? Se ele corta o pescoço com a navalha?
— ...
— Por que não recolhe esse pobre velho?
— Pelas crianças. Ele brigava muito. Estou sendo

calculista? Perversa? Nada vale o ano inteiro que lhe dei?

— Leia o jornal amanhã. Se ele se matou é fácil de saber. Bem que é nome pomposo de rua.

— Um velho sujo. Se me vender não será para ele. Terei um bonitão por noite. A preço fixo.

*

— O João telefonou: *Não imagina, benzinho. Estou mudado.*

— Será que...
— *Deixei crescer a barba.*
— Puxa, que susto.

— Depositou dinheirinho na minha conta. Insiste em visitar as crianças. Não posso deixar.

— Por quê? Afinal é o pai.

— Dos filhos não quer saber. É a mim que fica adorando. Ó Deus, como fui tão ingênua? Casar com uma...

*

— Sabe que desmanchei um casamento? Moço lindo chamado Diogo. No consultório do dentista o encontro. Como eu, paixão por samambaia e avenca. A calvície precoce lhe dá mais encanto. Na primeira visita:

— Por que não trouxe a noiva?
— Muito burrinha.

Telefonou no meio da noite:

— Hoje a missa de sétimo dia de minha avó. Muito deprimido. Posso desabafar com você? Levo garrafa de uísque.

Bobinha, ela concordou. Mal abriu a porta:
– Credo, você. Marcado de batom.
Ainda quis negar.
– Olhe a boca. O pescoço. Só pode ser. E bem vermelho.

Com o lenço esfregou o risinho safado.
– Missa de sétimo dia, hein? Entre no banheiro e limpe essa boca.

Quando ele voltou:
– Agora me conte.
Acabava de romper com a noiva.
– Por causa de quem?

*

– Ele usa colete – adoro homem de colete.

*

O doutor André entregou o dinheiro no envelope branco.
– Ali no salão do hotel. Como está acabado. Se você visse. Magrinho, pescoço fino, olho lá no fundo. Com tanta pena, eu pensei: Esse homem morre.
– Assim não precisa se matar.
– Quando ele andou, vi que puxava da perna.
– Qual delas?
– A esquerda. *Volte pra mim,* ele pediu. "Sabe que não posso. Por que não volta você para a família?" *Não me deixe, querida.* Daí fiquei com raiva. Por que esse homem não vai a um médico? Bem podia fazer uma viagem. Por que eu? Só eu? Ele que procure outra.

– E você acha que pode? Arrastando a perna?

*

– O velho telefonou: *Venha amanhã receber a mesada.* Não quis dar o gostinho:
– Amanhã não posso.
– Quando então?
– Depois de amanhã. Duas e meia.
– Te espero.
Ele não estava. No salão a moça aguardou dez minutos. Já irritada. Chegou ofegante, arrastando a perninha:
– Vamos subir.
– Por que subir?
– O dinheiro está lá em cima.
Relutante, quis se negar. Quarto de hotel não é para encontro amoroso?
– Está bem.
No elevador, só os dois, sentiu o conhaque no bigode amarelo.
Ele abriu a porta – a cama de casal. Tirou o paletó e pendurou na cadeira. Ela ficou de pé, sem largar a bolsa. Descansou a sombrinha na cama. Do bolso o doutor sacou o envelope e, em vez de entregar, lançou sobre a mesa. Ali a garrafa pela metade com dois copos.
Era gesto de desprezo? Ofendida, o rosto em fogo, depois lívido. Mordeu o lábio, apanhou o dinheiro, guardou na bolsa.
– Só por meus filhos aceito este maldito dinheiro.

– Ah, é? E para os teus machos o que eu sou? O velho coronel?

– Não sou vagabunda. E, se for, tenho quantos machos quiser.

– Então o que é?

– Pois bem. Eu sou. Puta de rua. Puta rampeira e fichada.

– Você é uma atrevida.

– Puta de todos os machos. Menos de você.

O velho encostou-se na porta e abriu os braços – um elástico branco em cada manga.

– Daqui você não sai.

– Mais nada entre nós, André.

– É a despedida. Última vez.

– Não e não. Tudo acabado.

Avançou furiosa, dedinho em riste:

– Olhe, doutor. Sabe o que você é?

Ergueu-se na botinha, encostou o dedo na ponta vermelha do narigão:

– Um grande coronel manso!

– Não esqueça, menina. Cadela não recebe mesada.

Óculo embaçado, bigode trêmulo, bem rouco:

– Eu quero você. Daqui não sai.

– Abra já essa porta. Se sou cadela, serei a mais escandalosa das cadelas. Abra ou se arrepende.

– Fale mais baixo.

– Se eu deito nesta cama você nunca mais se levanta.

– ...

– Te deixo aí castrado e mortinho.

– Não grite. Por favor.

Derrotado, baixou os braços, afastou-se da porta.

Ela ajeitou a bolsa no ombro. E agarrou a sombrinha amarela. Para ver o que tinha perdido, a blusa meio aberta, sem sutiã. Ali o negro Jesus crucificado de delícias entre os dois biquinhos róseos.

– Desculpe, querida. Meu naco de pão. Fique. Meu copo de vinho. Só um pouco. Minha última ceia.

– Passe bem, doutor.

E saiu, loira de raios fúlgidos, vestido vermelho, espirrando fogo da botinha dourada.

Fim do corredor, olhou para trás: lá estava, a mão na parede, cabeça baixa. Muito longe para saber se chorava.

*

– O pobre senhor. Não sente dó?
– Pois é. Tão magrinho. Dá uma pena.
– Só uma noite. Que mal tem?
– Tem que a cama do velho é uma cova de sete palmos.

*

– Para ele sou a mulher fatal de Curitiba.

*

Bengala branca de bêbado tropeçando em horas mortas:

– Perdoe, querida. Me comportei mal. Não tinha o direito.

– Está desculpado.

– Você desculpa. Mas não deixa.

A promessa de certo carinho proibido.

– Por que não faz?

– Em você?

– Não. Na sua mulher.

Na velha? Da qual afastado havia quinze anos?

*

– Tossinha seca, o peito preso. Parecia gripe. Tomei duas pílulas. Uma noite medonha.

– É natural.

– Uma faca rasgando o coração. Quase chamei o médico.

– Foi só uma noite.

– Não tenho passado bem. Meio tonto. Acordo com suores frios.

– Seja bobo.

– Meus dias contados. Não posso subir escada. Nem dar um passeio. Por mais devagar que ande. Sem sentir canseira. E a perna dois meses inchada. Não me iludo. O fim está perto.

– ...

– Só quando te vejo fico um pouco alegrinho.

– Por que não faz uma viagem?

– Perdido sem a pastilha no bolso. Na hora de aflição é derreter debaixo da língua.

*

– Daí me lembro. Não posso ter pena. Com o vício de mascar o eterno amendoim.

– Ora, defeito da dentadura.

– E a mão boba? Sempre a mão fria. Ai, que nojo.

– Ninguém finge a mão fria.

Para que a deixasse em paz:

– Arre, André. Credo, você. Vá escolher feijão.

– Agora tem que estudar piano. Uma hora no mínimo.

– Trate de dormir. Veja que caminha boa.

– ...

– E nada de sonhar comigo.

*

Três da manhã:

– Você fez de mim o general Pierrô. Esquecido no banhado.

– Está bêbado, André.

– Sem o beijo da princesa, para sempre o último dos sapos.

Noventa cigarros por dia

De roupão e chinelo, na velha cadeira de embalo. Ao pé do aquecedor, fumando sem parar. Olho empapuçado e vermelho.

– Como vai, Maria?

– Veja você. Palavra cruzada (o caderninho aberto ao lado). Jornal, quando a vista ajuda. Esse óculo é do tempo do João – nunca mais fui ao médico. E o diabo da tevê, bem alto. Já não ouço direito.

– Que nada, Maria. Você está bem.

– Não me venha com fingimento.

– Estive com o Pedro. Ele, sim, vai mal. Depois do derrame, a ideia perdida. Eu perguntava: "Está melhor, amigão velho?" E ele: *Boa mesmo era a jabuticaba. Lá da chácara de tia Zulma.* Eu falava de hoje, ele de sessenta anos atrás. Com a boquinha torta, chorão: *Cadê meu babador? Meu babador quem pegou?* Ele que era tão lúcido e irreverente. *Aqui no peito* – o enfermeiro mostrava.

– Outro dia fui lá. Estava bem apático. Com dois enfermeiros. O pescoço fino e mole. Bati no ombro: "Ei, Pedro. Me olhe, Pedro. Você se lembra do tango argentino? Nós dois lá no salão? Eu de franjinha. Você, lindo e elegante". Sabe que o pescoço endureceu? O olhinho brilhou. Entendia tudo. "Que tal nós, hein, Pedro?"

— Foi namorada dele, não foi?

— Dele e do Paulo, ao mesmo tempo. Na caixeta do lápis de cor, de cada lado, o nome de um e outro. Em menina, bem sapeca. Mamãe morreu, fiquei com três anos. Fui criada pelos pais dele. Ah, quanta sova o pobre apanhou por mim. Uma vez fiz tanta estripulia que tia Dulce ergueu o chinelo. Daí tio Artur disse: *Espere aí, Dulce. Em menina sem mãe não se bate.* Eu fazia a reinação e o Pedro apanhava. Não ter mãe, já viu, é grande vantagem.

— Seu Carlos morreu foi de saudade.

— Só ficou viúvo uns cinco anos.

— Tão de repente que meu pai, não sei se você sabia, deixou o caixão aberto a noite inteira no cemitério. Manhã seguinte foi lá e como tudo estava em paz...

— E não havia de estar?

— ...mandou o coveiro fechar o túmulo.

— Bem me lembro do dia. Tinha oito anos. A mudança no tratamento das freiras do internato. Não era só menina sem mãe. Agora sem pai também. Véspera de Natal, muito alegre, saiu comigo à tarde. Comprou uma boneca loira de cachinho. Deve estar por aí no fundo de algum baú. Fomos jantar na casa de Tataia. Ele tomou café, que gostava bem forte. Depois me levou ao circo.

— O chamado do telefone, é verdade?

— Na época só funcionava até meia-noite. Tataia jura que ele tocou às três da manhã. Uma voz nervosa de mulher: *Aqui o Grande Hotel... É do Grande Hotel...* Onde papai estava.

– Só ele?

– Com meu irmão Tito. No mesmo quarto.

– Já estudante de medicina?

– Como podia? Era menino. Ele contou que o pai, com insônia, andava pelo quarto. De repente sacudiu o Tito, que cochilava: *Não aguento mais. Uma dor no peito. Corra chamar o doutor Lúcio.* O relógio da estação bateu três horas. O doutor morava num sobrado ali perto. O Tito saiu correndo. Um guarda-noturno o agarrou pelo braço: *Onde vai, rapaz, com tanta pressa? Meu pai está morrendo, não sabia?* Quando o médico chegou já era defunto.

– Tão moço. Foi uma pena.

– De manhã entrei na cozinha de Tataia. O lábio dele – isso eu vi, André – ali na pia. A marca viva na xícara – e deitado de costas lá na sala.

– O doutor Lúcio era mesmo bonitão?

– Orgulho da família. Ele, sim. O moço mais lindo de Curitiba.

– E o seu amor platônico? O pacto dele com a Rosinha?

– Nunca foi platônico. Nem houve pacto. A Rosinha, você sabe, era dona vistosa. Casada com um engenheiro Pestana. O filho era aquele corcundinha que foi chefe de polícia e namorou a Das Dores, tua cunhada.

– Espera aí, Maria. O Dondeo que namorava a mulher dele. O manso era o chefe de polícia.

– Quer saber mais que eu? O Lúcio tratava do menino. O engenheiro era tipo frio, sei lá. Quem ajudou muito foi a Dinorá Paiva, que morava na mesma rua. Ela telefonava para o Lúcio: *Venha, doutor. Tomar um cafezinho. A Rosinha está aqui.* Os dois se apaixonaram. O engenheiro viajando e fiscalizando as obras. O Lúcio deitava com a mulher. A ele nem uma resistia: olho mais verde, já pensou? Foi um amor louco. O tal Pestana desconfiava, não sei. E se mudou de Curitiba.

– Que idade tinha o Lúcio?

– Perto dos trinta. Foi ficando triste, meio esquisito. A Beá cuidava dele. Não tirava os olhos de cima. Uma noite ele se vestiu a capricho, todo de preto. *Onde você vai, Lúcio? Não se incomode, mana. Durma. Atender um chamado.* Quando ela ouviu o baque, era tarde. Ele injetou veneno na perna esquerda. E quis escrever. Só um risco da caneta que furou o papel... Seria um R?

– O adeus à ingrata Rosinha.

– Estava na praia. Ela, o corcundinha e o marido. Que dobrou o óculo e estendeu o jornal: *Leia isso, Rosinha.*

– Era a notícia do suicídio.

– Voltaram para casa. No elevador ela chegou a rir. Quando o Pestana se distraiu, ela entrou na cozinha. Tomou o mesmo veneno, ainda de maiô branco, o pé sujo de areia.

– Credo, Maria.

– Você não sabe de nada. A Rosinha foi enterrada em Curitiba. Ao menos ficou perto do Lúcio. O marido viajou, casou, a segunda mulher fugiu com outro. Anos depois o túmulo da Rosinha foi aberto, ele assistiu à exumação. O mesmo tipo frio e durão. Quem me contou foi o seu Julinho. O coveiro abriu o caixão e ali dentro, esburacada, via-se a mortalha.

– Como é que reagiu?

– Fumando, respirando fundo, olhando para o chão. O coveiro pegou na mortalha, se desmanchou entre os dedos. E surgiu uma caveira perfeita. Os cabelos loiros se conservaram. A aliança também. A longa meia de seda, inteirinha.

– Puxa, não me diga.

– O coveiro olhou para seu Julinho, que fez sinal de cabeça.

– Com os polegares de unha preta o outro partiu o queixo da Rosinha. Nessa hora o Pestana perdeu a coragem.

– O que ele disse?

– *Não estou bem. Agora ficando tonto.* E se apoiou no ombro do Julinho. A cena foi rápida. Acho que fazem isso todo dia. Em pouco o esqueleto dobrado ali no saco.

– Tinha dente de ouro?

– Os parentes vão por isso. Senão eles profanam.

– E os cabelos ainda...

– Loiros e bem penteados. Ela morreu no auge da beleza. A única de quem o Pestana gostou.

– Por que primeiro o maxilar?

– Não me pergunte. Sei que estalou feio. O resto foi fácil.

– ...

– Seu Julinho que contou. Você não conheceu, era um velho forte, rico e viúvo. De respeito e muita cerimônia, com ele ninguém ousava. O filho, de cinquenta anos, escondia o cigarro quando ele entrava. Só diziam: O *café do seu Júlio é sem açúcar*. E eu caçoava: *Sem açúcar é a vida do seu Júlio*. Sabe que era velhinho guapo e altaneiro? Ele tinha uma namorada. A Odete, solteirona e buço oxigenado. A mãe dela, para agradar o velho, servia-se de mim. Eu é que levava o maço escolhido de cigarrinho de palha. E a broinha de fubá mimoso. Ele ficava no maior gosto. Não sei se cortejava a Odete. Sei que na procissão do Senhor Morto, quando ela passava de velhinho na cola, as filhas batiam com força a janela. O ciúme sabe por que, não é?

– Decerto a herança do velho.

– Uma noite, lá na fazenda, fiquei com muita pena. Ele no terraço, sozinho. E as filhas reunidas na sala, muito falantes. Todas fazendo tricô. Que mulheres horríveis, André. Altas, ossudas e narigudas. O velho deixou a varanda e entrou na sala. Foi aquele silêncio. Todas de cabeça baixa estalando as agulhas... Nessa noite, para o consolar, sabe o que fiz? Me sentei no seu colo – e ele bem que gostou. O olhinho faiscava. Na boquinha um grande *Ó* de espanto. Ou delícia, sei lá. Estendi a mão e alisei devagarinho a macia barba grisalha.

– Que safadinha, hein, dona Maria?

– Sempre foi muito bom para mim. O presente dele perturbou a minha lua de mel. Era pesado, envolto em papel de seda branco. O João não deixava ninguém pegar. *Cuidado, é muito delicado. Deve ser porcelana chinesa.* Viajamos de carro; a cada solavanco, ele vigiava ansioso o embrulho. Sabe o que era, André?

— Quem sabe um...

— Simples bibelô de barro. Aquela estatueta da moça com o livro aberto na palavra *Luciana*.

— Como foi que conheceu o João?

— Estava em Morretes. Tinha dezoito anos. Hospedada com a tia Carlota. Fugindo da Sofia, minha cunhada. Mulher mais ruim que já vi. Dizem que foi mordida em pequena por um mico louco.

— Nesse tempo o João não sustentava uma polaca?

— Polaca, não. Alemã. Com ela teve duas filhas.

— Você casou por amor?

— Um pouco foi amor. Muito para me livrar da Sofia.

— Que idade ele tinha?

— Já ia nos cinquenta. Quando ele se formou, você imagine, eu estava nascendo. Era elegante, bonito, fino. A passeio em Morretes, foi visitar a gorda tia Carlota. Desde o primeiro dia falava com ela mas olhava para mim. Ficou apaixonado. Acho que a alemã já estava meio gasta.

— Daí ele te pediu?

— Queria casar na mesma hora. Foi um custo convencer o homem. Que esperasse uns dois meses. Não tinha enxoval nem nada. Bem que fui feliz. No começo.

— É sempre assim.

— Com os anos cada vez menos. Dele não posso me queixar. Logo se finou, o pobre.

— É certo... sobre o enterro do João?

— Estava desenganado. Sabendo que os dias contados. Pediu ao doutor Gastão: *Na hora em que eu morrer me embrulhe no lençol. Feche o caixão. E não deixe que ninguém me veja. Se puder, três horas depois me enterre.*

— Assim foi feito?

— Morreu às duas e o enterro saiu às cinco.

Os dois olham para a mocinha que entra com a bandeja.

— Aceita um cafezinho, André?

— Para mim, não. Já me faz mal.

— Então eu quero.

A mocinha recua a bandeja.

— Não, senhora. Nada de café. Depois não para de fumar. E ainda não come.

Bota a língua para a mocinha. Esfrega os dedos tortos perto do aquecedor. Acende um cigarro no outro.

— Como é que a gente aguentava o inverno sem lareira?

— Com o fogão de lenha aceso o dia inteiro.

— Era antes o fogo dentro de nós.

— Você vive muito solitária. Devia sair. Passear ao sol. Visitar as amigas. E deixar de fumar. Se soubesse o mal que faz.

Ali na parede a mancha de goteira e o relógio antigo, de algarismo romano, parado às dez para as cinco – desde a morte do único filho, há que de anos?

– Para mim a vida já não tem sentido. Que eu deixe de fumar? Bendito enfisema de estimação. Isto é vida? A solidão mais negra. De ninguém espero...

– Devia cuidar dessa bronquite.

– ...mais nada. Bicho tão sofrido não conheço. Até o que eu não tinha me foi tirado.

– Mas o Candinho...

– Sim, hoje vem aqui. Cumprir a piedosa obrigação. Olhando para o relógio. Me leva para dar uma volta de carro. E antes que anoiteça...

Retorcida na cadeira, a tosse cavernosa dos noventa cigarros por dia.

– ...grudada outra vez na tevê.

– Sei que esteve na chácara, o fim de semana, com o Tadeu e a Luísa.

– Antes só ela mandava. Depois de velho, ele também quer. Agora que se aposentou, o dia inteiro em casa, sem fazer nada, ela já não o suporta. E se socorre de mim. Agarrada em mim o tempo todo. Me segue ao banheiro, me acompanha ao quarto. Espera eu me deitar, me cobre até o pescoço: *Durma bem, mulher.* Cedinho abre a porta, vai tirando as cobertas, uma por uma: *Acorde, mulher. Levante, mulher.* Teve coragem, sabe o quê? Me convidou para ir a Morretes. Como se lá não tivesse... o meu pobre filho... "Quer saber de uma coisa, Luísa? Odeio o ar de Morretes. O mar de Morretes. O céu azul de Morretes. Odeio Morretes inteira. Precisa dizer mais?" E ela, bem tonta: *Você parece louca, mulher.*

– A coitada não se lembra...

— A Luísa é irmã de Caim. Esquece que estou só, perdida no mundo. Essa menina do café vem uma vez por semana. Não trocamos uma palavra. Do jornal leio o anúncio fúnebre, o crime, a morte horrível. E haja tevê.

— E o baralhinho com os dois?

— Sabe que, quanto mais velhos, mais se odeiam? O tempo inteiro se esfolando vivos. Daí começo a brigar, eu com os dois. Ele não suporta o meu cigarro, que a fumaça é venenosa. E quer discutir sobre a morte do grande Napoleão. *Foi de câncer.* "Não, Tadeu. Foi do vento encanado." *Sou coronel, eu sei. Já li três biografias.* "É coronel para as tuas negras. Foi vento encanado." *Me respeite, Maria. Ou não jogo mais.*

— Ele deixe de ser bobo.

— Já não preciso de ninguém. Não quero ver ninguém. Não gosto mais de ninguém.

— ...

— Outro dia a Talica, do apartamento de cima, enfiou um bilhete na porta: *Tevê alto incomoda os vizinhos. Está surda, velha louca?* Não assinou. Sei que foi ela. Dei a resposta: "Querida Talica. A tevê é minha. Ligo tão alto quanto quero. Abraço da amiga Maria." E botei ali no capacho. Agora ela me vira o rosto.

— Por que não liga mais baixo?

— É o ouvido, André. Não ouço bem. E ainda quer que não fume?

Feliz Natal

– Gosto quando você vem. Me distrai.

Retorcida na velha cadeira de embalo. Roupão de seda manchado e desbotado. O jornal disperso no chão. Chinelo de feltro gasto no calcanhar – nervuras azuis na canela branquíssima. Tossindo violentamente, o cigarro na mão.

– E a mocinha – saiu?

– Não é domingo? Me apresentou o namorado. Um mulatinho de calça amarela. Com uma rosa vermelha na mão. Já imaginou?

– Posso baixar o rádio?

A eterna careta da fumaça no olho raiado de sangue. Na mesinha, ao lado do rádio, ele suspende o óculo.

– Você nunca limpa essa lente?

Embaçada de poeira e gordurosa dos dedos de pontas recurvas. No ar a morrinha de água podre, pó de arroz antigo, flor mofada, mil tocos de cigarro.

– Que tal o passeio de carro? Com o Tadeu e a Luísa?

– Foi a última vez. Nunca mais.

– Os dois brigando sempre?

– Me encolho no banco de trás, quietinha. Na primeira curva, ela pega-lhe no braço – *Olha o caminhão. Você está na esquerda.* Ele se assusta, pra cá e pra lá. *Cuidado, Tadeu. Aí o caminhão.* Bem torto na direção, aos berros – *Cala a boca, velha. O carro é meu. Dirijo como quero.* Depois o chorrilho de palavrões. *Sai da frente, seu barbeiro. É picego, desgraçado?* Cada caminhão que vem, ela cobre o rosto – *Ai, meu Deus.* Lá atrás, fecho o olho e entrego a alma. Não percebeu o viaduto e passou de viagem – perdidos mais de uma hora. As pragas que ele rogou na pobre mulher.

– Como pode guiar se não enxerga?

– Pior que catarata e glaucoma – fez até aplicação de raio *laser.* Um crime esse velho cego na direção do carro.

– Cego, louco e sovina.

– Trinta anos ele entregou o soldo fechado no envelope. Ela concedia pequena mesada para o jornal, o cigarro, o ônibus. Agora, não. Desde que se aposentou, ele se vinga e nada lhe dá. Com isso a Luísa não se conforma.

– É o famoso avarento de todas as histórias.

– Na minha infância negava até água gelada – só meio copo, e da moringa. A única geladeira da cidade que tinha chave.

– Uma vez a esqueceu aberta. Comi todo o sorvete de abacate – até hoje sinto o gostinho ruim. E lá na chácara, como foi?

– Lá ele nos deixa. Sai de casa com um bordão, segundo ele, para matar cobra. Só volta para o almoço. De longe bradando de fome. Tateia com o bordão, sem achar a porta. Enquanto espera, enche o prato fundo. Canjica e grossas fatias de goiabada. Esganado e se engasgando, espirra os perdigotos branco e vermelho. Aos berros sobre a batalha de Waterloo. O grande Napoleão esquecido pela mãe ingrata.

— Só fala na própria mãe para chamá-la *estremecida*.

— Estremecida, sim. Lá no caixão. De tanto ser odiada. Ciúme do irmão doidinho e preferido. Dela tudo era para o caçula. Um amor exclusivo entre os dois. Não havia lugar para o Tadeu. Se achava o órfão enjeitado.

— O Virgílio critica muito o Tadeu.

— Sem razão. Ele é pior. Sabia que esconde o dinheiro entre as páginas dos livros de história? O predileto é *A Vida de Joana d'Arc*.

— Logo ela que acabou na fogueira.

— Qual o ladrão que folheia um livro grosso de capa dura?

— Uma pena que o João e o Virgílio fossem brigados.

— Meu João era mais importante do que você pensa. Sabia que tinha um diploma assinado pelo Kaiser? Já imaginou?

— Onde ele fez esse curso?

— Em Berlim. Depois gozou a vida em Paris. Morou nos Campos Elísios. Dormia em cama de guarda dourada. Toda noite imaculado lençol de linho. Casados, eu e ele voltamos a Paris...

— Não sabia que andou por lá.

– ...quando anoitecia. Foi um deslumbramento. Ele me apontou os lugares. Até melhorei da miopia.

– Me fale da briga com o Virgílio.

– Primeiro morreu a mãe do João. Estava em Paris. Sempre me explicava o que sentiu ao abrir o telegrama: "Mamãe acaba falecer". *Senti fome, Maria* – ele me disse. *Uma bruta fome que nada podia saciar.* Comeu ferozmente. Se empanturrou ao ponto de passar mal. Queria comer a própria dor.

– Sei que gostava muito da mãe.

– Com o fim dela, o Virgílio escreveu que o pai precisava mudar de clima. E pediu ao João que assistisse o coronel no Rio. Enquanto ele, o mais velho, cuidava dos bens comuns. No Rio a clínica do João foi um sucesso.

– E o pobre coronel, apesar do clima, se finou.

– O João voltou a Curitiba para saber que fora miseravelmente roubado pelo irmão. Se adonou de quase tudo da mãe e do pai. Ao João disse o melhor advogado: *Sou amigo da família. Não posso me envolver. Nessa trama bem que vejo um grosso fio vermelho.*

– O fio vermelho da traição.

– Desgostoso, o João – com todos os cursos e diplomas assinados pelo Kaiser – vendeu o pouco que sobrou e se isolou numa fazenda em Morretes. Ele que em Paris dormia na cama dourada. Sabe quantos anos ficou no meio do mato? Doze ou treze, sei lá. Dedicado à leitura e criação de bichos. Plantava cana, mas fechou o alambique – *a cachaça é o veneno do homem.* Barba crescida, de ninguém apertava a mão – essa famosa mão peluda de Caim.

— Como foi com a alemãzinha?

— Era muito branca e vistosa. Ele a destinou para a cama e a mãe da alemãzinha, coitada, para o fogão. As duas o convenceram a acender o alambique para sobreviver. Destilou a cana, provou e gostou. Desde então apreciador de velha aguardente.

— Fez quantos filhos na alemã?

— Três filhas. E ela, de propósito, botava o nome dos parentes dele. E a terceira, o João nunca fez segredo, dele não era: *Essa eu reconheci, mas não é minha. Filha do primo Bento, que passou as férias na fazenda.*

— E a mais bonita das três.

— Um belo dia o João foi provar a célebre cachaça da tia Carlota. Me viu na janela – eu de olho azul e franjinha – e se apaixonou. Quis ficar noivo na mesma hora. Antes reconheceu e internou no Lar das Meninas as três filhas.

— Daí vocês casaram e foram felizes.

— Essa alemã nunca me enfrentou. Mas como perturbou a nossa vida. Telefonava para ameaçá--lo, amante desprezada faz isso. Quando eu atendia, ela ficava quieta e desligava – não tinha coragem. Bem reconhecia o seu silêncio. Achava nos bolsos, ao mandar o terno para o tintureiro, retratos das meninas e cartas da alemã, sempre inconformada. Eu tinha vinte e um anos, não esqueça. Ele, quase cinquenta. E ela, mais de trinta e cinco.

— Você lia as cartas?

— Como podia?

Traga fundo, olha aflita para a janela, arregaça o lábio violáceo da falta de oxigênio – os dentinhos negros de puro alcatrão.

– Era tedesco. Para entender só mesmo o João...

– ...e o velho Kaiser.

– Eu comprava a roupinha das meninas, calçados e luvas, tudo do bom e do melhor. Uma vez o João ficou na porta da loja, esperando. Quando saí o encontrei roxo de raiva e um pouco adiante iam a alemã e as três meninas. No consultório, a sala cheia de clientes, ela ficava na esquina e mandava entrarem as pivetes, descalças e em trapos. Ele abria a porta e dava com as três, choramingando, mãozinha suja estendida.

– Puxa, essa alemã reinou.

– Ia à casa do Virgílio, a quem o João votava o mais fundo desprezo. E o tal dizendo que fazer filha o doutor João sabia, mas não amparava. Logo quem!

– Durou muitos anos?

– Um dia tudo acabou. A alemã viajou para São Paulo. Amigada com o trapezista do circo. O João bem que pagou tudo – até morrer.

– É certo que o Virgílio no último dia quis se reconciliar?

– Só de hipócrita. Na véspera da morte do João. Estava lúcido, ainda falava. O Virgílio bateu na porta. Eu que atendi: "Espere um pouco". Não mandei entrar. O João esmorecido de entorpecente. "João, olhe para mim. O Virgílio está aí. Quer falar com você." Ele suspirou e gemeu: *Hoje, não. Amanhã, não sei.* E eu, mal de mim, usei de palavras que, se ele ouvisse, não me perdoava. Disse ao irmão que o pobre não podia se comover. Qual emoção, a cara não queria ver, mesmo na hora da morte. Não ódio nem amargura, simplesmente nojo.

– E as meninas?

– Tudo reparti com elas. Reparti a minha miséria. Até a pensão reparti. Elas cresceram, moças bonitas, casaram as três.

– E quando o João morreu?

– A carniça – como diz a Joana do Euzébio –, a carniça da Santinha mais que depressa veio com as meninas. Mas não adiantou. O caixão estava fechado. E o enterro não demorou a sair.

– Tudo acabou aí?

– Foi o começo da subida do meu calvário.

– Não deve se culpar. Um acidente. Não foi intencional. O pobre rapaz...

– Não quero falar, André. Você não entende?

– O João foi sempre generoso. Graças a ele, quase o Doca chega a doutor.

– Eram colegas de pensão, no Rio. O pobre Doca, tão miserável, só tomava uma sopa – o único alimento do dia. O João reparou que ele se consumia de fome e pagou as refeições. Só depois que a dona garantiu não contar ao amigo. Não queria humilhar o Doca muito aplicado no seu curso e tomando dignamente a sua sopa.

– Ele inventou a milagrosa cera para dor de dente. Vendida até hoje pelo nhô Carlito da farmácia.

– No quarto ano voltou nas férias para casa. De manhã fez a barba, beijou a mãe e anunciou que o culpado de tudo era o governador – ele iria matar o governador. Montou no petiço e, a velha garrucha na cinta, rompeu a galope. Num boteco, à beira da estrada, o tordilho parou estropiado. Ali estavam três cavalos amarrados no palanque. O Doca se decidiu pelo branco e partiu em disparada, na pressa de matar o governador. O caboclo deixou no balcão o copo de cachaça, saiu da venda e, no instante em que o Doca passava pela ponte, sacou da pistola, fez pontaria, acertou bem na nuca. Acertou o Doca antes que ele matasse o nosso governador. E foi uma pena. Moço lindo estava ali.

– Quem tinha paixão por ele era sinhá Eufêmia. Ela que me deu o primeiro banho. A mulher mais feia da cidade.

– Você está confundindo, André. Sinhá Biela que era feia, a irmã mais velha. Ela que dizia: *Não dê aos filhos nome comprido e difícil. Você não tem tempo de chamar cada um na hora da revolução.*

– Você conheceu o Virgílio, não foi, quando nem sonhava casar com o João?

– Pois conheci. Careca, bigodinho e luva amarela, grande mulherengo. Um mulherengo malcasado. Dona Santinha era uma virago.

– Primeira vez que fui à casa dela já me mandou comprar banana. Caturra e bem madura. Tanto medo, saí correndo.

– Ele andava de baratinha azul. Na Curitiba dos anos vinte, já pensou? Quando me via na rua, parava o carrinho: *Entre, menina. Eu te levo a qualquer lugar. Até ao fim do mundo.*

— Você recusava?

— Às vezes, aceitava. Difícil negar, era insinuante o velhinho. Mas sabia me defender.

— Ele tecendo sempre o fio vermelho da mentira.

— Quem perdeu a Olinda Paiva foi ele. Sabe que ainda vive? Solteirona, bem velhinha, desencaminhada para sempre.

— Era famoso no tango argentino.

— Bailando no clube enlaçava o pescoço da dona Santinha, bem mais alta. Uma noite fomos ao cineminha. Não dona Santinha, não frequentava esse ambiente. À saída, voltamos a pé. Na frente, o Lulo e a Zina de braço dado em pleno idílio. Ele a chamava de *cuor ingrato*. Noite quente, me lembro até hoje. Logo atrás, seu Virgílio, o Ditinho e eu. Gesto de irmã – fique bem claro, André –, eu voltava de mão com o Ditinho. Simples menino de calça curta. E então o Virgílio falou: *Gostaria muito, menina. Se o Ditinho fosse mais crescido, que casasse com você. Teu carinho por ele me comove.*

— Que safado, hein?

— O carniça do velho só queria que eu pegasse na mão dele.

Sacudida pelo acesso de riso e tosse, enxuga na mão trêmula o olho molhado.

— Não adianta, eu sei. Pedir que não fume.

— Quer teimar comigo? Quer saber melhor que eu? A puta vida não é mais que o sopro...

Acende raivosamente o vigésimo primeiro cigarro da manhã.

– ...com que você apaga o fósforo.

– Está bem, Maria. Posso fazer alguma coisa? Não precisa de nada?

– Você não entende? Que eu não tenho futuro? Há vinte anos perdi o meu futuro.

– Você devia sair. Visitar as amigas, sei lá.

– Quando posso, não saio. E quando saio, não falo.

– Sabe que dia é hoje?

Na parede o relógio há vinte anos parado. E a moldura de pó dos antigos retratos agora escondidos.

-- Tão curta a vida nem penduro a folhinha na porta.

– Véspera de Natal. Por que não vai à casa do...

– Já disse que não.

– Nesse dia me lembro do Bode Preto que fez correr três gerações de meninos. Altão, magricelo, os cacos de dedos – bêbado partia lenha com o machadinho. Lenço vermelho com quatro nós na carapinha de neve – nunca teve menos de cem anos. Na gengiva encarnada o último canino. Um monstro daquele tamanho, aos frangalhos, pulando nos dedões inchados de bichos-de-pé. Aos berros correndo atrás de mim e de você que roubava amora nos fundos da sua tapera.

– Amora mais doce nunca houve.

– E o Bode Preto, de quem todos corriam, só corria do seu Virgílio.

– Era vê-lo e saía na disparada, manquitolando e sacudindo o bordãozinho.

– Homem feito, qual a minha surpresa ao descobrir que, em vez do ladrão de menino, era um santo preto velho. E na véspera de Natal, de joelho e mão posta, me pedia alvíssaras e bons anos.

– Só desejo que esteja vivo, coçando ao sol o bicho-de-pé e comendo amora com o único dente.

– Bem, Maria. Tenho de ir.

– Não sabe abrir essa porta. Só eu. A mesma chave secreta da geladeira do Tadeu.

– Você devia aceitar. Já faz tanto tempo. Foi acidente. Um rapaz tão alegre. Limpando a arma. Decerto não teve intenção.

– Me proibi de falar no meu filho.

– ...

– Puxa, não entende, André? Sabe lá o que é amor?

Acende um cigarro na brasa do outro.

– E ainda quer que não fume?

– Nunca se deve perder a esperança. É o pior pecado.

– Ninguém tenha pena de mim. Não admito, ainda morrendo, que alguém diga – *essa pobre Maria.*

Um de pé diante do outro. É véspera de Natal – nem um deseja feliz Natal ao outro.

Doce mistério da morte

— Queria te perguntar, Maria...
— Fale mais alto, você.
— ...por que esse relógio parado? Estragou? Marcando sempre dez para as cinco.
— Não dou corda. Um barulho a mais. Um incômodo a menos.
— Bem na hora em que o...
— Não ando boa, André. Cada vez pior. Sabe que perdi os documentos? Já não sou eu.
— Ao menos deixasse o maldito cigarro. Essa tosse mais feia.
— Sozinha a gente fica pensando em bobagem. Já te contei do Tibúrcio? Ele comprava lenha. Empilhada no telheiro ao pé do muro. Um dia desconfiou: *Tem alguém roubando a nossa lenha. Não gastamos tanto.* Resolveu ficar de guarda. Agachado atrás do poço. Uma noite entrou de cabeça baixa na cozinha. *Descobri o ladrão. E nada posso fazer.*
— Por que não?
— *É o nhô Zico, nosso vizinho.* Um pobre envergonhado. Pulava o muro, de meia preta furada no calcanhar. Ia jogando as achas para o lado dele. Aflito, vigiando a porta iluminada da cozinha. Daí o Tibúrcio: *Quando vi quem era, me escondi ainda mais. Já pensou a vergonha, se ele me enxerga?*

— Pobre nhô Zico. Me lembra o antigo portão dos leões com asas de pedra.

— Que nunca voaram. Carregando ele e nhá Zefa, a Ritinha e a Juju. A Ritinha, solteirona, bebia no quarto. E a Juju, mãe dolorosa, viúva inconsolável, se sacrificou pelos três meninos.

— Engraçados, esses meninos.

— Ficavam atrás da vidraça. A mãe nunca os deixou sair.

— Bem quietos, de franjinha ali na janela. Soprando no vidro e rabiscando boneco de braço aberto. E nós outros correndo e gritando no campinho.

— Para fingir que eram gordos, a Juju esfregava-lhes na bochecha papel crepom encarnado e molhado na língua.

— Foi uma heroína. Os três vingaram e chegaram a doutores.

— Ela enfrentou a cidade grande, dormia no corredor, dos filhos eram as camas. Eles se formaram, casaram e lhe deram o desprezo.

— Envergonhados da pobre Juju.

— Assim ela perdeu os filhos. Tudo a gente perde — até botão e alfinete.

— A Ritinha, de amor contrariado, bebeu até morrer.

— Depois de morta, os doutores a chamavam de *tia bêbada*.

— E você ainda quer que não fume?

— O que está sentindo?

– Zoeira no ouvido. Tonta, me segurando na parede. Na rua já não saio. Nem gosto mais de sair.

– Não tem medo de ficar sozinha?

– O Candinho já disse: *Há que enfeitar esta casa. Novo tapete. Mudar o pano das poltronas. Pintar as paredes.* "Nada disso, Candinho. Enquanto tiver uma cadeira para sentar, não me queixo. Penugem me dá espirro. Qual a diferença entre cair no duro e no fofinho?" A Luísa rolou no tapete. E ficou toda roxa. Não quero que ninguém mexa no que é meu.

– E a nossa Luísa como vai?

– Dela eu caçoo, vou pelo mesmo caminho. Já tenho meus lapsos. E que lapsos, André! Uma noite, como faço desde menina, meio sem sentir, mais por hábito, comecei a rezar o padre-nosso. Na metade não é que esqueci? Já viu, esquecer o padre-nosso? Daí eu repetia: *Padre nosso estais no céu, santificado... venha a nós...* e o resto? O resto eu não sabia. Tentei várias vezes. Daí cansei. Dormi na maior tristeza.

– Console-se. A Luísa está pior.

– Outro dia me telefonou. *Com tanta saudade de você, Maria. Quase chorei.* "E por que não chorou? Chore, faz bem. Ainda tem muito que chorar."

– Ela tem vindo aqui?

– Vez em longe. E já quer deitar. Deitamos juntas. Comecei a cochilar. De repente ouvi um tralalá, tralalá – era ela, cantarolando. Dei com o cotovelo: "Credo, Luísa. Não está dormindo?" *Estou até sonhando.* "Com a valsa que não dançou? Fique quieta, você." Já disse que com ela para a chácara não vou mais. Não me deixa dormir, puxando as cobertas: *Levante, mulher. Acorde, mulher.*

— E o velho Tadeu?

— O assassino mais perigoso da estrada. No meio da viagem de repente um grito: *Estou cego.* Mal o tempo de encostar o carro. Meia hora para voltar a enxergar. Lá ficamos perdidos, ele, a Luísa, ai de mim...

— ...e os três anjos caolhos da guarda!

— Nossos passeios de carro sempre foram um drama. A Luísa implorando: *Cuidado, Tadeu. Está na esquerda. Olhe o caminhão.* Ele xingando a mulher. E eu, quieta, agarrada ali no banco. Uma surda e outra muda guiadas por um cego.

— Por que ele brigou com o Menino?

— Com a morte da velha, o Menino ficou com tudo. Não deu nada para a Luísa. Uma lembrança da mãe que fosse. A negra Chica recebeu um casaco de pele estrangeiro. A Luísa até chorou quando me contou. A velha Paiva só pensava no filho.

— Nela primeiro. Depois no Menino.

— O lambari frito do Menino. A moela e a sambiquira do Menino. O travesseiro de pena do Menino. Na hora da morte, onde estava ele? Lá na esquina à caça de soldado. Pensa que chorou no travesseiro?

— Aquela bicha-louca de voz grossa e bunda baixa.

— Móveis novos, trocou as cortinas, tudo pintou de rosa.

— A velha é um retrato apagado no fundo da gaveta.

– A Luísa vai lá, escondida do Tadeu *(Esse veado não quero na minha casa)*. Ver se falta alguma coisa. Pregar botão na camisa do Menino. *Não é triste, Maria? Sem nada que foi de minha mãe?*

– Nem ela nem você.

– Mamãe era pobre. Mesmo assim queria alguma coisa. Nem que fosse um cálice. Uma caneca com o letreiro *Parabéns*. A Sofia, minha cunhada, ficou com tudo.

– E o Tito não te defendeu?

– Com ele ninguém podia. Era o primeiro a roubar o cálice e vender a caneca. Tinha três noivas no Rio. Fugiu do colégio militar fantasiado de padre. Menino precoce, abusava de galinha, pato, e até peru de Natal. Bebia, jogava, seduzia órfã e viúva.

– Tudo ele pagou – e o céu também.

– Casou com a Sofia.

– Como é que ele dizia? *Casei com a noivinha dos meus sonhos. Vinte anos depois, ao beijá-la, dou de cara com a minha sogra. Mais dez anos, quem me espera na cama hoje é o meu sogro, com bigode e tudo.*

– Nem cálice nem caneca de *Felicidade*. Quando papai morreu, para as crianças foi aquela festa. A gente não sabe a falta que vai sentir. Desmanchamos a casa na maior alegria. Ajudei a arrastar os cestos de louças e talheres. Guardados no paiol velho, que você não conheceu.

– Por que não conheci?

– Credo, André. Do que você não sabe? Não me diga que alcançou também as famosas coroas de *biscuit*. Lá no paiol mofavam o ano inteiro para enfeitar no dia de finados os túmulos da família.

– Pequenas rosas de porcelana, cada ano mais pálidas, entre folhas de flandres quase pretas, que um dia foram verdes.

– A gente brincava de enterro de mentira. Ao serem agitadas, as folhas faziam de sininhos. No cemitério, quando soprava o vento sul...

– ...que apaga as velas e ergue o vestido das moças...

– ...você ouvia ao longe os alegres sininhos.

– Uma rosa caía e se quebrava em pétalas brancas de louça.

– Todas em volta do pobre Dadá, que se finou na flor dos dezoito anos. Ele pedia: *Madrinha, não sinto a perna. Ai, não me deixe morrer.* E a avó derramava-lhe água fervendo nos pés. Eu escondia o rosto na cortina de florinha azul e abafava os soluços. Dentro do livro – era *Os Três Mosqueteiros* – foi achado o bilhete: *Sei que morro até o fim do ano – Adeus.*

– Errou feio, o coitado. Foi-se bem antes.

– Ao menos se livrou da Sofia. Ai, como era ruim, a desgranhenta. Mas não me deixei atingir pela sua maldade. Na hora do almoço ela arrumava dois pratos na mesa. Assim com eles eu não morasse. Para ela eu não existia.

– Foi mordida em criança pelo mico louco do Passeio Público.

– Pensa que eu chorava? Mais que depressa corria até a casa de tia Zulma – e lá comia. Até melhor.

— A triste Eunice não engoliu vidro moído com banana frita e se enforcou na viga da cozinha?

— De tão ruim que era a mãe. Não tinha mais como ser ruim. No dia do cinema a convidada era a feiura da Sibila. Parecia um ganso de óculo. Eu ficava na esquina. Quando tia Dulce passava, fichu branco de rendinha e binóculo, me engatava no braço dela.

— Pior que a Sofia só mesmo a Santinha. Um dia abro o jornal. Que surpresa. Dona Santinha não era eterna?

— De tão bruxa, até que foi boa morte. Uma dorzinha no braço e quando deu acordo já era defunta. Aos oitenta e dois anos.

— A mesma carniça da Santinha que na hora da morte do João apareceu com as três bastardinhas.

— O João assistiu o pai alguns anos no Rio. A casa era fina: talheres de prata, cristais e estatuetas. Quando o velho morreu, ele se isolou em Morretes com aquela alemã. Depois nós casamos. A Lola, que não era maldosa, disse para a Santinha: *Não pode ficar com a parte do João. Você não tem direito. Agora ele casou. Tem mulher e casa montada,* A Santinha, invejosa e pérfida, mandou tudo.

— Essa eu não acredito.

— Até um pacotinho amarrado com fita azul.

— ...

— Eram as cartas da Naná. Uma francesa que foi amante do João em Paris. Bobinha, abri as cartas. Entendia um pouco de francês. Essa Naná tinha paixão louca pelo meu João. Era linda.

— Como é que...

— Na última carta achei um retrato. Fantasiada de cigana, pente de madrepérola no coque, castanhola na mão. Sabe o que escreveu?

— Isso nem eu sei.

— *Vive la Liberté!* O Virgílio disse que essa francesa esteve em Curitiba. Mas não acredito.

— Diz isso de intrigante. E a tia Fafá? Essa eu conheci. Verdade que nela o João praticou eutanásia?

— Grande mentira. Acho até que mentira de você. Ela entrou em coma. Morreu bem quietinha.

— Falavam que ela pediu. Não suportava as dores. Ele aplicou dose maior de morfina.

— Dez anos sofri essa mulher. Tinha um tumor na barriga. E achava que era do intestino. Tomando cápsula negra laxativa. A bula indicava duas por dia. E ela engolia vinte. Queria expulsar o tumor. O João ficava furioso. Pegou os remédios dela. Daí a Fafá escondia os vidrinhos no vaso da samambaia.

— Que desgracida, hein, Maria?

— De manhã ela invadia o quarto. Deitava em nossa cama. Com as mãos na barriga: *Não aguento mais, João.* Eu, grávida, ali não podia ficar. Durma com o teu irmão. Que vou tomar café.

— Deitada entre vocês dois ela durou dez anos?

— Até morrer. Com mais de oitenta. Quando eu saía, enquanto ela pôde andar, visitou as vizinhas. Para falar mal de mim.

— Foi bonita em moça. Gorduchinha.

– Gorduchinha pode ser. Bonita, nunca. A cara de tia Fafá velha, que você viu, era a mesma Fafá moça. E uma coisa engraçada com ela aconteceu. Você acredita em mistério?

– Em alguns, acredito.

– Foi noiva de um oficial da Marinha. Que morreu na explosão do navio. Bem na hora ela estava almoçando. Não é que a aliança se partiu ali no dedo?

– Então foi um adeus?

– Triste adeus. Também eu faço as minhas despedidas. Digo as palavras do João, antes de morrer: *Não quero mortalha. Não quero guardamento. Missa não quero.*

– E assim foi feito.

– Orgulhosa não sou. As pessoas me fazem mal. Me revolvem a faca no coração. Rancor não guardo. Eu esqueço. E só peço que seja esquecida.

– ...

– Os outros não incomodo. E que os outros me deixem em paz. Já não existo, André.

– Não fale assim, Maria.

– Esse relógio aí parado sou eu.

– ...

– Dos parentes próximos do João restavam quatro. Morreu o Bento. Morreu o Carlito. Morreu a Amália. Um depois do outro e nessa ordem. O seguinte será o Virgílio.

– Desse ninguém sente falta.

– Sabe do que mais, André?

– ...

– Depois dele sou eu. Agora é a minha vez.
– Então vamos juntos. Os dois comendo broinha de fubá mimoso no caixão.

O quinto cavaleiro do apocalipse

A dona chama ao pé da escada.
– Sabe quem está aqui?
Em resposta o resmungo de um palavrão.
– O André.
– Já vou lá.
O amigo sorri para a gorda baixinha.
– Como vai ele?
– Fica deitado, bebendo. Sonha acordado com dinheiro. Telefona, folheia o jornal.
Amparado no corrimão, ele desce em cueca rosa, chinelo aberto de couro.
– Que calor, hein?
A mulher sacode a cabeça, arzinho de censura.
– Amigão velho. Que agradável surpresa.
– Grande saudade. Que aconteceu? Você não aparece mais.
Atormentado pela corruíra nanica, araponga louca da meia-noite, medusa de rolos coloridos no cabelo, sai desesperado em busca do primeiro amigo.
– Conhece o meu drama.
João acomoda-se na velha poltrona de couro, um calço de madeira no pé quebrado. Coça os pelos pretos ao redor do mamilo.
– O que está olhando, mulher?

Cruza o gambito seco e branco riscado de veias azuis.

Ela, sem graça, quem diz: *Esse João.*

– Espiando as minhas belezas?

– Admiro a tua postura.

– Não tenha medo. Sei receber uma visita.

Metade das vergonhas à vista – nem são belas. Balançando a perna, estala o chinelinho no alvíssimo calcanhar.

Na mesinha ao lado toca o telefone. Ele escuta e sem tapar o bocal:

– É esse rapaz. Cheque sem fundo. Mais um.

Vira-se para o janelão, aos brados:

– Pedrinho. É com você.

A voz esganiçada lá fora.

– Quem é?

Desempregado, com mulher e filho, instalados no quarto sobre a garagem.

– É do banco.

Nenhuma resposta. A dona cochicha:

– Diga que não está.

João inclina a cabeça para trás, devassando as ricas prendas.

– Como é? O gerente diz que...

Ecoa na sala o berro furioso do filho:

– Não encha, velho. Vá à pequepê!

Sem se perturbar, ergue o fone:

– Amanhã? O último dia? Dou o recado.

E sorrindo, quem sabe divertido, para o amigo:

– Não estranhe a linguagem. Sabe como é. Essa nova geração.

Entra o caçula Dadá. Vinte anos, quase dois metros, magro no último. Carinha imberbe, macilenta. Falhas no cabelo, das aplicações de cobalto. Roupão felpudo sobre o pijama azul, canela à mostra. Eterno riso baboso, cumprimenta o amigo do pai.

– Sabe que não divide? Até hoje.

Mão trêmula, alcança a garrafa – menos da metade – sobre a mesinha.

– Meu problema é não ter fé. Faço força. Em nada acredito. Podia escrever como aquele poetinha. Na parede branca da igreja – *Merda para Deus*.

Relutante, pisca o olhinho vermelho.

– Você quer?

Mesmo com vontade, o amigo recusa – para que serve o amigo?

– Essa aí corre atrás de charlatão e curandeiro. Até a famosa Madame Zora, benzedeira, vidente, ocultista. Experimenta vacina, pílula amargosa, garrafada.

Bebe aos pequenos goles, sem água nem gelo.

– Já me ensinaram umas orações. Eu rezo, não nego. Mas não acredito.

O rapaz, que adora o pai, ri embevecido. Repuxa a perna mais curta da operação – ai, tarde demais.

– Não repare. Oito anos de idade mental.

O filho imita o gesto. Repete a palavra na mesma inflexão:

– *Esse nego pachola é uma besta.*

– Ele não divide. Soma. Diminui. Multiplica muito mal. Dividir que é bom, nada. Não é, meu filho?

— *Esse nego pachola...*
— É feliz. Do dinheiro não tem noção. Incapaz de fazer um troco.
— *...é uma besta.* Há, há.
— Sua paixão é o Nero. Olha a fera latindo lá fora. Com medo do escuro. É a sua primeira e única namorada.
— Que é isso, João? O que o André...
— A paixão do oligofrênico. Bom título, hein, para chorinho brejeiro.
— Ai, Jesus. Hoje é dia de injeção. E são nove da noite.
— André, você sabe aplicar? Ele não sabe, Dadá. Tem que ir sozinho. A farmácia ali na esquina. Se não a achar, meu filho...
— Nossa, João.
— *...siga para a roda dos enjeitados.*
— O que o André vai pensar?

Mais uma dose, mais um gole. No riso feroz joga para trás a cabeça. De relance o brilho róseo da dentadura superior.

Alegrinho, o rapaz interfere na conversa. O amigo quer dar-lhe atenção. De conta que não ouve, João o ignora. Dividida a mulher entre os dois, porque é mãe.

— *Boba foi a Princesa Isabel. Não assinasse a Lei Áurea...*

Curvado de tão alto, o mesmo gesto, a mesma inflexão do pai.

— *...agora o quintal cheio de negrinho.*

– Além de idiota, esse animal...

Que arranca um punhado de cabelo, sorrindo olha-o cair no tapete.

– ...é escravocrata. Sabe que estou igual a ele?

– ...

– Sem coragem de ir até a esquina. Comprar o jornal e o cigarro. Sabe que não dirijo mais? A rua me dá medo.

– ...

– Será que você não escuta?

– O que, João?

– Lá na esquina. Outra vez o relincho. Do quinto cavaleiro do Apocalipse.

-- Bobagem, meu velho.

– Sabe o que diz essa aí? *Seja homem, João!*

– Não se entregue. Reaja.

– Essa aí que me faz a barba. E corta o cabelo. Ó guia tutelar. Meu anjo benfazejo.

O rapaz ouve deslumbrado para depois repetir.

– Não fale bobagem, João. O que o André...

– A mãe de dois idiotas. Ser mãe não é gozar no inferno? Ainda bem que sossegado, o Dadá.

Bate o chinelinho e pisca para o amigo:

– Sabe o filho cretino do Bento?

– Credo, João.

– Se o Bento se descuida ele come a Dulce.

– ...

– A Dulce e a mãe.

Virando-se para a dona aflita.

– E a minha sopa, mulher?

– Com licença, André. Hoje está impossível. Só não repare.

Na passagem agarra a mão do filho.

– Você vem comigo.

João cruza os pés sobre a mesinha, espreguiça-se.

– Será da bebida? Olhe. O bichão em riste.

– Feliz da Maria. Entre duas almas a única ponte...

– Muito bobinha. Educação antiga.

– ...é o falo ereto.

– Uma vez peguei uma doença. Chego em casa esfregando a testa. Ai, maldita sinusite. Daí não resisti. Enfiei nela quatro injeções. E a burrinha nem desconfiou. Cuidado com a pistoleira de inferninho!

– Hoje tem tanta moça de programa.

– Minha lua de mel em Paquetá. Três dias para entrar na Maria.

– ...

– Era duro cabaço.

– ...

– Só consegui no terceiro dia. Ficou toda faceira, a pobre.

– Já o velho Tolstói na primeira noite com a gordinha Sofia... Só dores e gritos.

Bocejando, João estende os braços em frente, acima, atrás da cabeça. Aperta as mãos, estrala o nó dos longos dedos – a unha roída até a carne viva.

– A Beatriz, lembra-se? Dançando tango no clube? No passinho floreado, borbulhava debaixo do braço. E girava com o tenente Lauro. Erguia o pezinho atrás. O salão só para os dois. Tão linda – e a espuma fervendo no sovaco.

– No tango ela era o Rodolfo Valentino.

– Eu e você, no domingo, espiando lá da moita.

– A corrida tonta das polaquinhas atrás da igreja.

– Lenço azul florido na cabeça, blusa rendada amarela. Mal erguiam a comprida saia vermelha e abriam a perna.

– De pé. Olhando ariscas para o lado.

– Do jato espumante a fileira de buracos na terra preta.

– Ó santas polaquinhas sem calça!

A dona volta com o prato cheio até a borda.

– Deixe aí na mesa.

Enche a colher e, ao soprar, espirra nos cabelos do peito – um e outro branco.

– Que droga, Maria. Esqueceu o queijo.

– Já misturei, João.

Treme na mão a colher fumegante de letrinhas. O amigo e a dona inquietos – ele já derrama. Ergue a colher, faz bico, chupa ruidosamente.

– Eu não disse?

Uma gota escorre até o cabelo crespo do umbigo. A dentadura mal ajustada, os grossos pingos no peito, de cueca rosa, que merda!

– Bem me lembro do velho Pangaré.

O grande João, um galã, assassino de corações, é *isso*?

– Sabe o Pangaré? No trote meio de lado. Nunca me enganou. Aquele olho grande. Branco e úmido.

– ...
– Era veado, o Pangaré.
A mulher interrompe:
– Tenha paciência, João. Por que não põe a bandeja no colo? E usa guardanapo?
Ele olha, arzinho de deboche.
– Enfio nos cabelos do peito?
– A Maria tem razão.
Cordato, pega a bandeja, coloca-a sobre o joelho.
– *Mulher indigna!*

Com os risos quase vira a bandeja. No chá do clube o nego Bastião serve a broinha de fubá mimoso feita na hora. Bom costume, cada um apanha uma só. Ele oferece pelo salão a peneira cheia de broinha. E a Fafá com a mãozinha papuda: *Uma para mim. Uma para Titi. Outra para...* Essa não, o Bastião já recolhe a peneira: *Mulher indigna!*

– Gorda, de bigode, sombrinha lilás. Enfiava a broinha no mamelão do seio virgem. Lembra-se?
– Dela e da sombrinha. Era mesmo lilás.

Umas sete colheradas, olho vermelho meio fechado pelos vapores capitosos.

– O cheiro da bola de couro, lembra-se? De que o Ivã tanto gostava.
– De couro, sim, com listas.
– Esse cheiro de infância, ai de mim. É o pobre vestidinho de tia Lola, pendurado no cabide. Ali enterrava a cabeça, respirava fundo. Jardim das delícias, nele me perdia.
– Não foi ela que morreu? Com quinze anos?

— O cheirinho está comigo. Na dobra da pele. Debaixo da unha.

Repõe a bandeja na mesa, ao lado da garrafa. Acende o cigarro e cruza a perna.

— Olhe os modos, João.

— Você insiste no Zé de nhá Eufêmia. Mas foi o Pacheco. O viúvo com as filhas mais feias da cidade. Conheceu as Pacheco?

Com a unha borrifa de cinza o caldo imaculado.

— Eram medonhas.

A dona preocupada com a cinza.

— Um cafezinho você toma, André?

Antes que ela alcance a bandeja, João afunda na sopa o cigarro, que chia e fica boiando.

— Me desculpe, Maria. O café me tira o sono.

— Olha, meu velho. Aqui entre nós. Li o seu último livro. Sabe do quê?

— Primeiro escrevo. Depois me arrependo. Ou nunca mais escrevo.

— Sobre o que viu já contou tudo. Você precisa, André, escrever sobre o que não viu.

— ...

— Falando das Pacheco. Se te dissesse que alguém serviu-se da mais feia?

— A Carlota, que era anã e corcunda? Ó céus, essa não.

— Essa mesma. O próprio tenente Lauro.

Ali na sala o sossego da pracinha onde o pulo de um sapo era distração.

— Que será da Heloísa? Que fim levou a deusa da nossa primavera?

– Hoje se parece com a Zezé do Cavaquinho. Buço negro e tudo.

– Foi linda. Mais que Zenóbia, a famosa rainha de Palmira.

– Por ela tio Paulo vendeu todas as joias da mulher.

– Pudera. A mulher dele, tia Cotinha, era homem.

– Cabelo de homem, voz grossa de homem, botina de homem.

– A Heloísa foi fiel ao tio Paulo?

– Então não sabe? Deu uma carta para ele botar no correio. Que abriu no bafo da chaleira. Era a carta...

Espicha os braços e estrala os finos dedos de ponta amarela.

– ...para o amante.

Às gargalhadas os dois. De volta a mulher, séria.

– Sabe quem a roubou? Foi o... Não me acode. Como é o nome do coisa? O grande senador. Com olho branco vazado e tudo.

– Não me conformo. Tio Paulo enterrado em Antonina.

– Foi a vontade da Cotinha.

– Pior não é isso.

– ...

– É que ela morreu. E foi junto.

– Ele para sempre junto de quem não queria.

– Mais sorte do nhô Silvino Pádua. Deu catarata nos dois olhos. Só repetia baixinho: *Meu consolo é que, em vez de nhá Zefa, vejo uma nuvem.*

— E o Quinco, o pobre. Encontrei há tempo na rua. Sabe o que disse? *Agora estou...* E o polegar torto inclinado para o chão. *Viver para quê, João?*

— Também com setenta anos.

— E a Raquel, lembra-se? Jogando vôlei no calção preto de elástico?

— O mesmo joelho grosso do pai.

— E a coxa mais branca na face do abismo. Foi prometida de um capitão. O meigo rostinho sempre arranhado pela barba do noivo. Ó penugem mais lisa na nuca de traiçoeira lagarta-de-fogo!

— Virgem louca, loucos beijos. Morreu solteira, a triste. O capitão Vasco era bicha.

— E a Dolores? Que era separada. Tinha furor. Ficava encharcada de suor. A filha aos gritos no quintal com o piá da vizinha. E a Dolores ia com um depois de outro.

— Ai de mim. Minha vez não chegou.

— Nem carecia pagar. Dava porque gostava e precisava. Cortou o pulso pelo Nando.

— O Nando era bonitão. Mas vaidoso. Reparou como ele andava? *Veja,* dizia a bundinha. *Como sou gostoso.*

— Menos do que pensava que era.

— Sábio era o Dico. Desde rapazinho. Mandavam ao sítio comprar erva. Saía direitinho a cavalo. Ali na Estrada das Porteiras esquecia a erva. Para comer goiaba na chácara de tia Colaca. Eles já sabiam. Rangia a porteira, era o Dico atrás de goiaba.

— Ai, goiaba vermelhinha nunca houve. Igual à da chácara de tia Colaca.

– E a Lili Pinto? Que eu vi descalça na loja do Elias Turco. Comprava papel de seda encarnado. Loira, o pé grande na areia quente. Por ela eu roubava e matava. Com meus dez anos. Já era doido por mulher. Ela na flor dos dezesseis. Por ela São Jorge lambia os pés do dragão. No vestido de chita azul com bolinha branca.

– Hoje mais feia que Joana, a Rainha Louca.

– Sabe o nego pachola? A que se refere o escravocrata. Esse nego de beiço roxo e bunda baixa. Bêbado na perninha vesga. Gemendo e chorando a velha paixão pela Sílvia.

– Ó Sílvia que foi minha, que foi tua, que foi nossa.

– Ano passado cruzei com ela. Na Praça Tiradentes, era domingo, três da tarde. Torto no colo o cachorrinho pequinês, inteirinha bêbada. Ainda bem não me viu.

– Agora você foge. Antes corria atrás. De joelho e mão posta.

– E a Laura? A famosa Laura, por quem o Tadeu jurou a morte do Nonô.

– Com um tiro nas costas na casa da Rita Paixão.

– Não foi brio do Tadeu. Ela era doente.

Olho risonho para a mulher que, estalando as agulhas do tricô, ouve distraída.

– Sofria daquela doença vergonhosa.

– Que vem lá das entranhas.

– A Laura passou por mim. Faz dois meses. Foi na Rua Riachuelo. E não era a Laura.

– ...

– Era um bode de barbicha!

– O Nonô tocando violão, de costas para a janela. Sentado na cama da cafetina. E o assassino só afastou a cortina xadrez. Ele caiu golfando sangue na colcha de retalho.

– A célebre morte do Nonô. Uma gota de sangue espirrou em mim e você. O grande boêmio e galã. Ele, sim, teve todas as mulheres.

– Irmão do Tibúrcio. Que se matou debaixo de uma laranjeira. Por amor contrariado.

– O tiro no ouvido esquerdo. Deu volta na calota e saiu pela boca.

– Paixão recolhida foi a minha. Pela Eunice. Você não conheceu. Sorriso triste, não falava. O silêncio mais inteligente que todos os salmos de Davi. Que dentinho doce, que olho mais azul.

– A Eunice? Dos Padilha? Fraca da ideia, coitada. Não desconfiou pelo sorriso? Até hoje molha na cama.

– ...

– E a Glicínia, que era ruiva? A irmã ainda mais. Só que bonita.

– Tão enfeitada que o marido dizia: *Parece biombo de puta francesa!*

– Que audácia a do velho Bortolão. Sempre na casa da amante. Desfilava com ela no circo. Dona Celsa, a triste, toda linda e branca. Roía a unha atrás da vidraça.

– Tanto roeu teve câncer no fígado.

— E a única Percília no passinho de gueixa, mantilha e sombrinha verde. Exibia o dedinho na luva de crochê: *Fui noiva do tenente. Só eu.*

— O famoso tenente Lauro.

— *Se duvida, veja a aliança.* Tirava do dedo e, para confusão geral, ali as iniciais: *L. T.*

— Hoje um tipo popular. Saia vermelha e descalça. Os meninos lhe jogam pedra na rua.

— E da Rosita você esqueceu?

João coça deliciado uma pereba no cotovelo. Espicha a comprida perna sobre a mesa – a unha cravada no dedão.

— Me cuido. Soube do tio Artur? Evito a flebite. Me diga uma coisa.

— Decerto. Rosita, por quem um viúvo, não me lembro o nome...

— Ela pensava que era a Jeanette MacDonald.

— O mesmo riso argentino.

— Só que a Jeanette MacDonald com piorreia.

— Ai, como esquecer a Viviane Romance? De franjinha, enrolando a eterna meia preta na coxa fosforescente?

— Minha paixão foi a mulher do Tyrone Power. Como era o nome?

— Anabela.

— Mamãe não gostava. Dizia que tinha olho ruim. De dona traidora. Ainda mais francesa.

— Quando ela apanhou sinusite fiquei na maior aflição.

– Sabe o que fiz? Hoje posso contar. Escrevi três cartas de amor para a Diana Durbin. Em português castiço, assinatura e endereço.

– ...

– Ao pé da página – prova suprema do amor – o contorno em nanquim do falo ereto.

– Pior foi o Neizinho, lembra-se? Com a notícia do noivado dela, sem poder ir à Califórnia, cortou fundo a gilete nos dois pulsos.

– Pela Ann Sheridan o primeiro porre de gim. Entrei em coma. Lembro que estava de suspensório de vidro. E de liga – era o tempo da liga presa com botão.

– E o grande Ramon Novarro? Ai, que nojo. Eu queria ser como ele.

– Bicha mais louca.

– Lembra-se da morte? Setenta anos, bêbado e místico. Caçou dois rapazinhos. Uma orgia, sim. Mas de sangue. Aos socos e pontapés, massacraram o nosso galã. Uma posta sangrenta de carne. Denunciada aos vizinhos pelo mau cheiro.

– Como era a frase de Jesus? Ao que tem, tudo lhe será dado. E ao que nada tem? Até isso lhe será tirado. Não bastava o grande Sócrates. E o pobre Tchaikóvski. Era preciso o Ramon Novarro.

– Ele, sim, cavalgou na garupa do quinto cavaleiro.

– Sócrates, Tchaikóvski, Ramon Novarro. Ainda podia entender. Mas e a Greta Garbo?

– ...

– Por que lésbica? Tinha mesmo de ser? Então nada é sagrado?

– Pobre amigão velho de guerra.

– Tenho ereção. E não posso acabar. Já viu isso?

– Não será o contrário?

– Muito engraçado. Um médico me receitou injeção. Dura não sei o quê.

– O nome diz tudo.

– Eu sou burro? Com a minha hipertensão. Sabe que me salvei do derrame? Faz um ano. Do ouvido e nariz esguichou sangue. Tomo uma injeção dessas, olhe aqui...

Dá uma banana com o braço.

– ...estou fodido.

– Então não abuse.

– Veja bem. Não é falta de ereção.

O dedinho empinado diante da mulher posta em sossego.

– Não consigo é acabar.

– Você que é feliz. Já eu... Com a minha ejaculação precoce.

Eis a filha que entra, nervosinha. A mais velha, beirando os trinta anos. Foi noiva, mas o noivo fugiu.

– Madame Zora telefonou, mãe. Sabe o que disse?

– Não cumprimenta o André, minha filha?

– Oi, tio. Tudo bem? É inveja, mãe. Devo me cuidar da inveja.

– É mulher de terreiro?

– Só frequentado por gente fina.

– Damas e galãs.

– Não acredite em bobagem, menina. Você tão bonitinha. Inveja só faz mal ao invejoso, nunca ao invejado. Lá em casa deixaram uma vela amarrada em laço preto – obra do capeta. Daí chamei nhá Chica. Que é feiticeira. Pegou um galho de arruda. Fez as rezas em volta da casa. Entregou a vela enrolada em jornal: *Vá, meu filho. No primeiro rio jogue esse embrulho. A favor da correnteza.* Assim eu fiz. E a inveja se foi.

– Sabe, mãe? Que o tio tem razão? Onde é a casa de nhá Chica?

– Está muito nervosa. Amanhã o vestibular.

Grande olho aceso, perna encolhida no sofá, sacudindo o pezinho.

– Não seja boba. Dá tudo certo.

– Diga boa-noite para o André. Amanhã eu madrugo. Um dia cheio. Com a menina no vestibular. E o rapaz no hospital.

Risonha sai a mãe abraçada na filha.

– Merda, o fim da garrafa.

– Também já vou.

– Um filho mandando à pequepê. Outro é escravocrata. Tem os dias contados. A filha com mania de terreiro. Gemendo e chorando o noivo perdido. E eu, ai de mim. Era a última garrafa.

Acompanha o amigo até a porta.

– Daqui não passo. Aí fora me dá medo. Olhe lá, o grande puto.

– Não vejo ninguém.

– Ele sabe a quem relincha.

Descansa-lhe no ombro a mão delicada.

– Apareça, amigão velho. Não esqueça o conselho, hein? Escreva sobre o que não viu.

Treme o lábio e pisca o olho. Mas você chora? Nem ele. Ainda é um durão.

A velha querida

Ao calor das três da tarde, dormia a cidade sob o zumbido das moscas. O rapaz de linho branco dobrou a esquina – "Eis que eu vejo a sarça ardente" –, o asfalto mole e pegajoso debaixo dos pés. Todas as ruas desertas, mas não aquela, apinhada de gente e de tal maneira que transbordava das calçadas. "É um enterro", disse consigo, "mas não há morto." Arrastava-se o estranho cortejo por dois ou três quarteirões e voltava sobre os passos na busca aflita do defunto, com grupos que, ao longo das portas, apertavam-se e de repente se desfaziam – "Onde está Verônica", indagou ele, "que não canta?" Procissão triste e preguiçosa, metade a ir ou voltar e a outra metade imóvel, enquanto o cadáver, cujo fedor sebento empesta o ar e move a asa alucinada das moscas, jazia no interior de uma das casas, ainda que ninguém soubesse qual – os curiosos insinuavam as cabeças à sua procura pelas portas e janelas escancaradas. Procissão ou enterro, seguia um destino conhecido de todos. Ele abriu caminho por entre os outros, alerta para não atropelar aqueles que estacavam sem aviso ou faziam meia-volta ou enfiavam de súbito a cabeça por uma das portas e tão somente a cabeça – raríssimo o que por elas entrava. Às portas e janelas, no místico velório, estavam alinhadas as viúvas que carpiam o mesmo defunto e pareciam de ouro na sua cara pintada. Enquanto os homens (era enterro ou procissão unicamente de homens) estavam decentemente trajados, as mulheres, empurrando-se às janelas e portas, em virtude do fogo que ardia no porão das casas decrépitas, vestiam apenas calcinha e sutiã de cores berrantes, onde predominavam o vermelho, o azul e o amarelo e, assim à vontade, eram damas de grande luxo, uma ou outra com sandália de púrpura.

Solitárias à janela ou amontoadas uma atrás da outra nos degraus vacilantes da escada, afundados no meio, de tantos passos que os subiram e desceram, todas elas, serenas ou entoando ladainha em voz baixa e lamuriosa, repetiam o mesmo gesto em que, as pontas unidas do polegar e indicador em círculo perfeito, concebiam o símbolo da inocência perdida e, sem que movessem o braço, agitavam incansavelmente a mão em todas as portas e janelas, de tal modo sincronizadas que o rapaz de linho branco acreditava-se numa loja de relógios, com seus pêndulos balançando, e a única diferença era que as mãos dessas senhoras trabalhavam sem ruído. Assim estivesse atrás de um relógio, examinava cada uma, detendo-se às portas e, como os outros, introduzia a cabeça a fim de encarar as damas ou relógios que marcavam todos a mesma hora.

Quase nada empertigado, observava duro e fixo à sua frente, no cuidado do bêbado que não quer parecer que o é, e o faz planejar lucidamente (segundo ele) seu movimento seguinte, esquecendo sempre um pequeno detalhe que afinal o denuncia, assim por exemplo depois de se despir sem um erro à vista inquisitorial da esposa, apaga enfim a luz e imagina estar salvo, eis quando ouve a melíflua pergunta – *Querido, agora dorme de pijama e sapato?* Toda a cautela, pois, de não parecer embriagado, o rapaz analisava criteriosamente o mostruário de ponteiros e, consoante o seu hábito quando alcoolizado, permitia-se um comentário em tom levemente sarcástico. Resistindo ao sorriso aliciante dos dentes de ouro –"Olá, querida, as suas prendas secretas quais são?"–, arrepiava caminho sob a lancinante queixa das carpideiras, indiferente ou insensível à dor que as fazia insistir no apelo monocórdio – *Vem cá, benzinho... vem cá, benzinho... vem cá, amorzinho...* E algumas, indignadas de não serem atendidas por ele ou pelos outros (senhor de guarda-chuva no braço, marinheiro bêbado, negro de pé descalço), depois de inúmeros acenos da mão livre – sem adiantar ou atrasar a marcha do pêndulo à direita –, furiosas de tanto gemer em vão, enlouquecidas por um gesto ou simples olhar, davam um passo à frente e, prendendo-lhes a mão ou o braço, atraíam-nos patamares adentro e eles se deixavam conduzir ou então lutavam por se desvencilhar. Soltando-os, prosseguiam tranquilamente no movimento pendular, de tal sorte automático que, conversando volúveis ou absortas em meditação, não o interrompiam e as que se ocupavam em acender o cigarro, chupar sorvete ou descascar tangerina, faziam-no com a outra mão (a esquerda).

Após longa espreita, no meio da rua a princípio, depois na calçada e afinal no limiar, ele subiu os degraus, enquanto se defendia da mulata gorda, que lhe enlaçou perdidamente o pescoço, mas como permanecesse, o pé no ar, vigiando impávido em frente, deixou-o seguir, não sem que ele notasse numa das coxas a tatuagem do coração azul e, dentro do coração, um nome que, por coincidência, era o seu próprio. Havia cinco senhoras no corredor, além da mulata, e as que se dispunham ao longo dos degraus abriam alas para as últimas, sentadas em cadeiras comuns, das quais (mulheres) uma – a derradeira e a que buscara com tanto afã, impaciência e uma ponta de desespero – instalara-se em cadeira antiga de vime, a única que poderia descansá-la, após tão implacável perseguição. Fitaram-no com sorrisos insinuantes, não ela, olhos tímidos sobre as mãos fatigadas. O rapaz estava de linho branco e gravata de bolinha e, posto nem uma desconfiasse do seu negro coração, a velha – pois era uma velha – mantinha a cabeça baixa e, na postura indefesa e nostálgica, parecia capaz de chorar por ele que, vencido o quarto degrau, alcançou o corredor e até que enfim a cadeira. De pé a seu lado, notou que aparava furtiva com uma tesourinha a unha grossa do polegar, e com voz que não era a sua, de tão rouca:

– Você é toda minha, querida?

Enquanto as demais criaturas, nos degraus e nas cadeiras, eternamente a girar seus pêndulos, viravam-se para ele, admiradas da emoção que lhe gemia na voz – e deveras comovido porque ia finalmente ter a sua velha – a velha (que podia ser a mãe e a avó de todas e não se confundia com nem uma outra porque era a única vestida) ergueu-se com dificuldade, apoiada nos braços da cadeira e, sem interesse ao menos de olhá-lo, enfiou pelo corredor escuro, indicando com voz cansada e displicente, de tantos anos esquecida na cadeira amarela de vime:

– Por aqui.

Desconsolada ou preguiçosa, seguiu à sua frente, estalando o chinelinho de pano. Ao passo que não sentira curiosidade pela nudez das outras, sugerida ou devassada por entre o sutiã e a calcinha, tremia ao sonhar com as intimidades da velha, pois pensava nela como "A sua velha" merecida e enfim conquistada na mais feroz caça às velhinhas de Curitiba, a qual trajava – apesar do calor e do traje oficial de duas peças coloridas – vestido singelo de algodão, sem mangas e outrora encarnado. Arrastava o chinelo, com pé inchado de gordas veias azuis e, atrás dela, sem que pudesse adivinhar-lhe as formas, porque era antes mortalha o tal vestido vermelho, o rapaz enxugava o suor das mãos na expectativa do mistério daquele enterro ou procissão que, se bem não o merecesse, por certo lhe desvendaria graças aos inúmeros lustros de vivência. No fim do corredor em penumbra, que exalava forte à creolina, a velha abriu uma porta, os dois entraram.

O cubículo era separado do corredor por um tabique pouco mais alto que as cabeças e mobiliado apenas de cama e mesa de cabeceira. Olhando a pobre cama coberta por uma colcha esverdinhada, estendida com desleixo ou às pressas, quem sabe usada havia pouco, o moço voltou-se para a companheira imóvel ao lado da porta aberta:

– A boneca? Onde está a boneca?

Era verdade, sentia a ausência da boneca de cachos, sentadinha na colcha purpurina e, encontrando os olhos ausentes ou distraídos da criatura, já se apressava a corrigir enquanto reconhecia com espanto que não envelhecem os olhos – ao menos, os azuis –, dirigindo-lhe o primeiro dos galanteios que se atropelavam nos lábios sôfregos:

– Ela é você, querida. É você a boneca.

Ela sorriu com a dentadura antiga, eram de qualquer tonalidade as gengivas menos de carne e os dentes alvares como dentes jamais usados. Despindo-se, eis que se persignava – "Deus louvado, tenho a minha velha, eu que não mereço a última das mulheres, nenhuma é suficientemente indigna para mim" –, enquanto ela, com a mão na bola da maçaneta, o que a fazia mais desejável, assim quisera fugir-lhe antes que a pudesse ter, espiava-o a despir-se com inesperada pressa, pendurando o paletó no prego que ela indicou atrás da porta, estendendo a calça e a camisa ao pé da cama. Já descartava o sapato, e somente então – ainda se recusando como se nunca fosse ganhá-la – a velha murmurou em voz baixa, onde percebeu acento estrangeiro:

– Já volto, nón?

Deixou de escutar os chinelos, estendeu-se apenas de meias na cama e, por maior que fosse o terror de percevejo, largou todo o peso sobre a colcha assinalada aqui e ali de manchas. Estava em paz consigo, pensava que estava ou procurava fingir que estava, até que descobriu dois ou três orifícios no tabique por onde o olho que tudo vê, seja ou não olho de Deus, poderia espioná-lo e, cruzando as mãos na nuca, pois a cama não tinha travesseiro, observou a lâmpada que sobre a sua cabeça pendia de um fio pontilhado de moscas mortas. Depois de admirar o foco envolto em papel de seda escarlate e a parede manchada de goteiras, identificou atrás da porta o retrato colorido de Ramon Novarro, do qual desviou depressa os olhos, porque um dia – ai, que náusea lhe vinha daquele dia – quisera ser Ramon Novarro enquanto, lá do corredor, chegava o eco das carpideiras. Sem ouvi-las dialogar, distinguia as vozes apenas quando elevadas ao tom mais alto de sua monótona litania – *Vem cá, amorzinho... vem cá, meu bem... vem cá, benzinho... ó você aí, ó zarolho, vem cá... ó belezinha, vem cá...*

Não tinha janela o cubículo, de repente aflito. "Não é um quarto" pôs-se a repetir, "é a alcova da perdição." Gemia de impaciência com a demora da velha e, se não voltasse, temia pelo que pudesse acontecer. Já pensava em iniciar padre-nosso ou ave-
-maria quando ela entrou, desdenhosa de sua nudez e belezas que o próprio Ramon Novarro invejaria.

– Quer pagar, bem?

Fechou a porta apenas com a maçaneta, impassível ao lado da cama e, embora fosse uma súplica no ritual da paixão, não estendia sequer os dedos. Sem discutir o preço, ele apanhou do bolso da calça a maior nota:

– O troco é seu, querida.

Primeira vez ela sorriu e tudo nela era primeira vez. Segurou o dinheiro e o óculo na mão, enquanto se desfazia do vestido pela cabeça, a despentear o cabelo grisalho na testa e nas têmporas.

– Quer que tire?

Depois de arrumar o vestido ao pé da cama, indicou o trapo de algodão, sob o qual o rapaz adivinhava o seio pendente e murcho, cabelo no biquinho preto. Resposta negativa, ela que conservava o dinheiro na mão, dobrou-o e guardou no sutiã. Ainda de pé, abriu-lhe os moles braços alvacentos de mãe-d'água, nos quais surpreendeu o primeiro sinal de sedução: axila depilada, e pensou – "Sob a velha dorme a cortesã" que, com algum esforço, ajoelhou-se na cama e, ao tilintarem duas ou três medalhinhas no pescoço, atirou-as para as costas. Afastou-as simplesmente, não atirou, a velha era lerda e trazia nos gestos graves o sossego adquirido na cadeira de vime e, enquanto isso, o rapaz percorria-lhe vagarosamente as costas lisinhas com os dedos de quem acaricia um bicho de estimação até que encontraram caroço ou verruga, começando então a descrever lentos círculos, que fugiam e voltavam sempre àquele duro nódulo e ele se pôs a engolir em seco. Mão viscosa de suor, agarrou brutalmente a nuca da velha, que tinha os cabelos curtos e, atraindo-a para si, constatava a relutância dela ainda se negando ao seu feroz desejo. Girou de leve a cabeça para a mesa, onde havia um rolo de papel, quis estender a mão, porém o rapaz a impediu e, já de olho fechado, aproximava-lhe aos poucos a cabeça da sua, entre os protestos inúteis de – *Nón... nón... Na boca nón...*, beijando-a enfim e, até no beijo, a velha resistia, sem descerrar os lábios frios e enrugados, presa a dentadura com a ponta da língua no céu da boca.

Recomposta a avozinha na sua mortalha quando ele abriu os olhos em agonia, pois o amor não o esvaziara do desprezo de si mesmo. Ao erguer-se, a colcha colada de suor nas costas, decidiu que não se lavaria, para conservar entre as mãos peganhentas o odor de carne mofada da velha que, com toda a febre da luxúria, não tinha uma gotícula no rosto. Nem um dos dois se penteou e, com a ponta dos dedos, um dos quais enfeitado por anel de falso rubi, alisando os cabelos brancos e alvoroçados na nuca, ela pediu:

– Tire o batón.

O rapaz não aceitou o retalho de papel e esfregou a boca no lenço:

– A mais doce lembrança!

Quedaram-se diante da porta e primeira vez o encarava:

– Volta, nón?

– Como é seu nome?
– Pergunta por Sofia.
Ele não pôde abrir a porta, com a bola amarela a escorregar entre os dedos.
– Eu sabe o jeito, bem.

Desta vez o moço seguiu na frente. No umbral do corredor ensolarado, as mulheres estavam no mesmo lugar e a mulata chupando uma laranja e cuspindo as sementes, que bem podiam ser as da inveja, resmungou para os dois – *Eu, hein? Eu, hein?*

Adeus à sua velha querida, beijou a mão gélida. Desceu os degraus, atravessou a rua e, piscando ao sol, esperou na esquina. A casa tinha uma única janela e aguardou que a mão com o falso rubi acenasse por entre as palhetas verdes da veneziana, e tão somente a mão, tinha vergonha dele ou por ele. "Posso ir para casa", pensou o moço, "abraçar minha mulher e beijar meus filhos. Agora me sinto bem".

Misturou-se com o povaréu que, ora diante das portas, ora de cabeça erguida para as janelas, adorava as imagens douradas nos seus nichos, dir-se-ia indiferentes à aflição dos homens, não fora o gesto de esperança com que todas balouçavam a mão direita, unindo em círculo perfeito o polegar e o indicador, no convite ao gozo da inocência perdida e recuperada, até que o rapaz de linho branco as deixou para trás, enquanto duas varejeiras lhe zumbiam em volta da cabeça e mais uma vez repetiu: "Tudo já passou. Não foi nada. Já passou. Agora estou bem".

O menino do Natal

Uma noite maldormida, sonhos aflitos e confusos. Chega em cima da hora, oito da manhã. Desde longe, vê a moça, quase menina. *Jeans* preto, blusa branca, jaqueta de couro. Linda no cabelo curto loiro, grande olho castanho, meio sorriso triste. Beija-a de leve na face.

– Tudo bem? Quer mesmo ir?
– Sim. Vamos.
– Veja lá. A decisão é tua. Sim ou não, eu aceito.
– Pensei a noite inteira. Devo terminar a faculdade. Não é a hora.

Entram no edifício antigo. Uma escada estreita e escura. Primeiro andar, fim do corredor. Uma amiga indicou, diz que senhor de cabelo branco.

Uma placa diante da saleta minúscula. Duas portas. Olho mágico e câmera no alto. Ele aperta a campainha, três notas musicais. Voz feminina no interfone:
– Quem é?

Ela se identifica. O clique da porta automática. Outra salinha mínima. Mal cabem dois velhos sofás de couro artificial preto, sem encosto. Paredes nuas. Sentam-se lado a lado. Mais pálida, a boca vermelhosa. Ele aperta a mãozinha úmida e fria.

Surge uma gorducha ruiva na porta interna. Entram os dois. Terceira sala minúscula, com mesinha e uma cadeira. A ruiva senta-se, espremida no *jeans* desbotado e na blusa amarela. Olha para ele:

– Sabe qual é o preço?

– Sei. Oitocentos reais. Aqui estão dois cheques. Um dela, um meu.

Careta de contrariedade.

– Ah, não. Cheque não aceitamos. Só dinheiro.

E já se levanta.

– Voltem outra hora. Outro dia.

– Espera aí. Ela tem hora marcada. Está em jejum. Trouxe os exames. Me dá cinco minutos. Eu consigo o dinheiro.

Orra, oito da manhã, como? onde? com quem? Já sei: bendita mãezinha, tem sempre uma reserva em casa.

– Posso usar o telefone?

Ali sobre a mesa.

– Mãe. A bênção, mãe. Olha, preciso de oitocentos paus. Pra já. Depois eu devolvo. E te explico. Mas preciso já. É urgente.

– A essa hora da manhã? Não pode esperar?

O que estará a pobre velhinha pensando? Dinheiro, assim tão cedo, boa coisa não deve ser.

– Não. Tem de ser já. Agora. Por favor, mãe. Me acuda.

Santa senhora, e o susto? Meu filho perdido, um assalto? sequestro? droga? Ah, não, droga, não. Tudo menos droga.

– Deixa ver. Tenho aqui setecentos. Teu pai...

– Não peça pro pai. Pro pai, não.

– ...troca um cheque de cem na farmácia.

A moça fica na sala. Ele arremete aos saltos pela escada e vai até a esquina. Logo o velho carro do pai encosta, baixa o vidro. O moço apanha o dinheiro.

– Veja bem, rapaz. O que vai fazer.

– Tudo bem, pai. Obrigadinho. Depois falamos.

Até hoje não falaram, pai nem mãe tiveram coragem de perguntar. Uns quinze minutos, ei-lo de volta. Campainha. Olha para a câmera. Clique da porta. De novo a gorda sardenta e grosseira:

– Conseguiu?

Ele entrega o macinho de notas. Depois de contar, ela enfia na gaveta da mesinha, uma volta na chave. Em recibo não se fala.

– Ela já entrou. Pode aguardar na sala.

Olha o relógio: oito e meia. Nem janela nem revista. Lá dentro, como será? O que está acontecendo?

Soa a campainha, as três notas. Vozes. Clique. Entra uma senhora esbelta e elegante. Acena, sem olhar. Nessa idade, terá vindo por igual motivo? Epa, cabelinho curto, loira, olho verde, é a minha perdição.

Já sei, bem a guria comentou: *Minha mãe é mais bonita.* E agora, cara? "Sou o... Prazer?" Melhor não, antes quietinho. Nem sabe o meu nome.

Ela prefere o mesmo sofá, ao seu lado esquerdo, diante da porta interna. Costume azul-claro, remates vermelhos discretos. Meia cor da pele. Sapato preto de saltinho. Sim, as duas muito parecidas.

93

Observa as pernas cruzadas, um pé balançando, inquieto. Bem torneadas, adivinha a carne alvíssima, lavada em sete águas florais. A curva preciosa do joelho, a suave covinha. Ela repuxa a saia que sobe, gesto delicioso. Oh, as lindas panturrilhas, sou tarado. E o jarrete, ó ninho de veios secretos, já pensou? Essa palavra é convite ao... Não pense, cara. Engole em seco.

– A senhora é mãe da Maria?

Epa, que voz rouca é essa. Pigarro.

Volta-se um tantinho para o seu lado. Bem-vestido, de gravata. O melhor terno azul-marinho.

– Sim.

Cruza e descruza as pernas.

– Bonito, hein? Que papelão. Onde a cabeça de vocês? Dois adultos, quem diria. Os filhos a gente protege com tanto amor. Mil cuidados. Mas não, o pai é quadrado, a mãe careta. E agora, isso. Tão moça, passar por tudo isso.

Ele concorda, acenando e suspirando.

– Pois é. Não sei como. Mais que... A gente nunca esperava. Só que aconteceu.

Ela olha de soslaio para a sua mão esquerda – ainda bem, por causa da musculação, não usa aliança.

– Está certa, a senhora. Todinha razão.

– Menos mal que o pai não sabe. Ai de vocês. Se ele descobre, mata os dois.

– Com todo o direito.

A saia sobe, ela persegue-a com dedos longos e nervosos. Sacode o pezinho, ó pezinho. E de novo, ó panturrilhas. Ai, não: o som rascante na meia de seda – será uma das que, no gozo, enterram as unhas em fogo... Ei, cara, delirando outra vez?

Passada a tensão, o diálogo mais ameno. É longa espera.

– Curitiba não é a mesma. Quem dorme com tanta zorra? Ainda mais, um marido que ronca. E esse maldito trenzinho não para de apitar. Às vezes me desespero. Vou dormir na sala.

Mulherinha que se queixa do marido? Essa não me engana. O tipo ronca... ela suspira sozinha no sofá – de camisola com renda e lacinho rosa? apenas o casaco do pijama de florinha... mais nada, querida?

– No meu edifício, os mil cachorros da vizinhança. Latindo e uivando a noite inteira.

Que bom, ela não foge dos teus olhos. Poucas mulheres fazem isso. Agora maiores e mais verdes. Podem te engolir, não mais de ódio.

Uma hora já se passou. Nem uma só vez uma pergunta pessoal. Ah, o inverno medonho de Curitiba, cada ano mais gélido.

– Muito friorenta. Ai, se não é a meia de lã, a minha pantufa branca...

Epa, o bruto nem lhe esfrega e beija o pezinho.

– E a crise? Em tempo de inflação, a dura vida do empresário. A butique vai bem, mas até quando? Com as vendas do fim de ano, aplicar na poupança? Ou investir para crescer, se endividando no banco?

Era a deixa que ele esperava.

– Empréstimo no banco? Jamais. Os juros escorchantes. As vendas vão bem, sim, e o risco da inadimplência? Não confundir lucro e receita. Sem aviso, novo plano? novo confisco? A prudência de aguardar. Que estabilize a economia. Se aplicar, seja na renda fixa. O fluxo de caixa...

Ela passa a demorar o fosfóreo olho verde. Enfim está me valorizando. Não sou babaca qualquer. E responde com segurança às suas dúvidas. O cenário? Da queda próxima de juros. Uma assessoria financeira lhe sugere. Que tal agendarem reunião para a semana?

– A senhora pode me ligar. A Maria tem o meu número.

Resiste a estender o cartão ali no bolsinho. Orra, se cai na mão do pai assassino? De repente o toque da campainha. Vozes. Estalido da porta.

Cabisbaixa, uma garota cruza por eles, some na porta interna. Ela também? Parece menor.

Mais meia hora se arrastou. Ei, não era tempo? E bate na porta.

– Ainda demora?

– Não. Ela já sai.

Em seguida vem a mocinha, sorriso lívido. Move-se devagar, um tanto insegura. A mãe beija-a, envolve nos braços:

– Está bem, filhinha?

Sim, com a cabeça.

– O carro, mãe? Você traz? – estende-lhe as chaves. – Já vamos descendo.

Ele a ampara no corredor deserto. Muito cuidado ao descerem os degraus. Em passinho miúdo até a esquina.

– Foi tudo bem? Agora vai descansar? Ele recomendou repouso?

– Vou para casa. À tarde tenho prova. Não posso perder.

– Até depois. Me dá um abraço.

Pronto, a moça nele se agarra e desata no choro. Mais, a soluçar alto. Ali, dez da manhã, rua cheia de gente. Ele, em pânico: Se chega um conhecido, vê a guria em pranto nos meus braços? Dizer o quê? A mãe dela morreu? A mãe, não. Melhor o pai, que nem conheço.

Todos que passam ficam olhando. Ela não para de soluçar. O que esse monstro fez pra ela? Estou perdido. Ó Deus, me acuda. Baixinha, mal lhe alcança o ombro, o rosto escondido no seu peito forte.

Mas ele? É visto e vê por sobre a cabeça. Uma cara patética, de natureza-morta. Todo mundo espiando, alguns sorrindo. E esse carro, pô, que não chega.

Enfim chega, abre a porta. Desajeitada, ela entra. Ele a ajuda, toda trêmula. No rosto as lágrimas correndo soltas, por que não enxuga?

Aceno. Lá se vão as duas. Salvo, orra. Te devo essa, Deus. Aprendi a lição, juro. Nunca mais. Longe de mim, ó tentadoras!

Precipita-se para o escritório. Trabalha frenético. Jamais tão delicado e solícito no trato. Se lhe pedissem um copo d'água, iria às crateras da Lua para atender. Meio da tarde, liga:

– Tudo bem com você?

— Sim. Tô bem.
— Fez a prova?
— Não. A mãe não deixou. Nem tive coragem.
— Se der uma folga, passo aí pra te ver.
— Venha, sim. Pra gente conversar.

Faz dois, quase três anos. Não foi aquela tarde. Acompanhou a mulher nas compras de Papai Noel. Envia-lhe, porém, um bonito cartão de Natal — nas circunstâncias, um nadinha irônico?

Uma semana depois, o depósito de quatrocentos reais na sua conta — é garota de palavra. E nunca mais falou com ela.

Nem a mãe telefona pela assessoria. Uma e outra ocasião, ele passa de carro diante da butique. A tentação de entrar: os finos dedos que castigam a saia indócil, a curva lancinante da panturrilha, ó pezinho de suas delícias.

Ah, sim. Muita noite ainda sonha com criança. É um menino.

O CANIÇO BARBUDO

Ah, esse olhar implacável de censura e desprezo. O pai, alto, robusto, tonitruante. Ele, miúdo, lívido, que fala muito direitinho e, na sua presença, tatibitate de tanto terror.

Nunca o pai se dignou, é certo, erguer a mão contra tão insignificante pessoinha. Anêmico Davi sem funda nem pedra, prestes a ser trucidado pelo gigante, com a espada assobiante no ar.

Bastava apenas o seu pigarro e olhar desdenhoso para esmagá-lo, último piolho rastejante no pó.

Que o filho assim traduzia:

– Já te pego, te pico, te jogo no pinico!

Diante dele, ao pé dele, na esperança de desarmá-lo, bom seria um defeito físico qualquer. Ah, se ao menos fosse coxo, uma perna (a direita, não) mais curta...

Apesar dos xaropes e emulsões do médico, sempre um fiapo de gente, gemendo as primeiras dores vagas. Acamado de gripe, única vez em que lhe pousou na testa em febre a poderosa mão do Juízo Final.

Consciente ou não, descobria a sua defesa contra a autoridade emasculadora desse pai dos pais – a doença, ainda que imaginária, era o abrigo inviolável.

De tanto fingir, tão convincente, se tornaram dores de verdade. Sem apetite, rebelde a uma alimentação correta, resumida enfim a café preto e chocolate. Inútil proibi-los, de que servia o refúgio do banheiro?

A eterna queixa pública do pai:

– Vejam só o que *me* aconteceu.

A ele, sempre ele.

– Tenho um filho inválido!

Se era mesmo um triste inválido, podia se entregar aos seus invocados males. Com os anos, operado de úlcera, mais tarde do estômago, reduzido a quase metade.

Além dos achaques e do banheiro, o mais certo refúgio eram os braços consoladores da mãe. Tudo ela perdoava, tudo permitia, de tudo era cúmplice.

Eis a camisinha inflada boiando à flor do vaso... Ai, não. Infame leito impuro! Maldito estuprador!

Tamanho bruto ainda se permitia... E ela, a rainha, a santa, como se prestava...?

O coração do menino ganhou uma coroa com sete espinhos de fogo. A ela, vítima e violentada, perdoava. Ao outro, apesar dos anos, impossível.

Com a prática, já finório chantagista, graças a uma crise violenta de dores, conseguiu expulsar do sagrado tálamo o usurpante, que se conformou em dormir no quarto do filho.

E pôde, alguns dias ao menos, dividir o leito conjugal com a mãezinha querida. O seu tempo mais feliz, conchegado e assistido pelo anjo da guarda em camisola – o retorno ao santuário do ventre.

Nos primeiros anos de escola pouco aproveitou, aluno distraído, quase ausente. Apenas não estava interessado. Ainda que soubesse a matéria, leitor fanático de qualquer papel impresso, se dispensava de responder. Inocente, encarava o professor:

– Não estudei. Não fiz a lição. Não sei.

Dele o pai já renunciara. Todos os sonhos perdidos de torná-lo o sucessor do seu próspero negócio. Desabafava com a mulher:

– Esse teu filho é um fracasso. Não tem a menor ambição. Por que me sacrifico, se ele nada quer da empresa?

Às refeições mal trocavam uma palavra indiferente. Sabiam apenas conversar com a mulher e mãe, reclamada e dividida pelos rivais ciumentos.

Com tantas fraquezas, o rapaz desistiu dos estudos. O pai nem protestou, conformado. Raro o moço saía de casa. O carro na garagem descarregava a bateria.

Não tinha amigo nem namorada.

Começou a fumar. Deixava crescer uma pretensa barba. Hipocondríaco, engolia ao seu capricho, mesmo sem água, cápsula, pílula, comprimido.

Insone crônico, um fantasma descalço em pijama a vagar, horas tardias da noite, pela casa toda iluminada. O pai se queixava em vão da alta conta de luz.

Distração do moço eram os velórios de parentes, a que nunca faltava. Para ele, quem diria, antes uma festa.

Início com um longo e perfumoso banho. O barbeiro convocado aparava cabeleira e barba. Vestia o terno azul-marinho. Assim alto e esguio, pálido e lírico, um belo rapaz, por quem toda garota de luto, entre duas lágrimas fingidas, bem suspirava.

Era-lhe muito fácil uma noite inteira em claro. Pronto a ouvir, paciencioso e compungido, os queixumes da viúva sobre o ente nem tão querido.

Solícito, já providencia ao sobrinho retardatário uma cadeira ao lado do caixão.

Um dos primeiros a receber os pêsames, tanto a sua figura se destaca, ainda que mal privasse com o finado.

Cafezinho e um cigarro discreto eram suficientes a fim de varar faceiro as compridas horas mortas da madruga. Cordial, participava de todas as rodinhas.

A presença mais importante no velório – depois do morto, é claro.

Toda a sua vida social se resumia aos velórios e enterros, sempre um dos últimos a se despedir do túmulo florido.

A mãe, já com os sinais da moléstia fatal, cuidou de, a pretexto de aniversário e festinha, convidar sobrinhas e filhas de amigas.

– Se eu faltar, meu filho, não quero deixá-lo sozinho.

– Não fale assim, mãezinha.

– Você precisa encontrar uma bela moça prendada.

Ele refugava, um rito dolorido no rosto, a mão esquerda se crispando entre o terceiro e o quinto botão da camisa.

Assanhadas, garotas mil choviam a cântaros. Todas de finas graças, muitas bonitas, uma e outra lindíssima. Em vão, o filho sem interesse por nenhuma.

O pai se perguntava afinal se era... Não, nunca. O rebento de um tal caçador de fêmeas? Certo que não. Nenhum gesto suspeito. Nenhum amiguinho.

Antes um esquisitão. Quem sabe, misógino original. Seja lá o que signifique.

Bem desconfiava que o filho jamais deu uma rapidinha de pé atrás da porta meio nas coxas da priminha – *não rasgue... a calcinha, não... mamãe descobre... ai, sim!* Nunca frequentou randevu. Perigava, ai, não, até morrer virgem. E seria o fim da poderosa estirpe de abatedores de polaquinhas e putanas de luxo.

Mal sabia que o moço, desde o encontro da camisinha (sumida em sucessivas descargas, na tentativa inútil de apagar para sempre a lembrança), acalentava gostosamente a sua morte. Enfim sós, ele e a mãezinha. O casal perfeito.

E, no lugar do pai, em poucos dias, doença implacável, a santinha da mãe era morta e enterrada.

O rapaz se atirou de ponta-cabeça na depressão. Além de magríssimo, fundas olheiras. Mais alto agora que o rival, bem podia olhá-lo de cima. A barbaça, quase branca, lhe desceu ao peito.

Jurava o velho não suportar a ausência da companheira. E tanto que, em breve, deitaria ao seu lado. Mesmo assim, esperou dois anos para acompanhá-la.

Até lá, os dois perdidos na casa, mal se olhavam e falavam. Simplesmente não tinham diálogo. O pai, opiniático, não admitia ser contestado – tudo ele sabe mais e melhor. O filho nunca o enfrentava, certo, mas por dentro bem xinga, careteia, sapateia, insulta aos berros.

O velho de sempre, truculento e prepotente. Saudoso e tudo, eis o bigode ereto à vista de cada mulherinha. Gordo (não gordo, segundo ele, robusto), ao pisar estremecia os cristais no armário. Glutão insaciável, não dispensava o copo de vinho às refeições, sugando as gotas na ponta do bigode.

Um cachaço pronto a devorar o seu bacorinho gorado.

No leito de dor, antes do último suspiro, acena para o filho:

– Me prometa que...

Não conclui a frase. Se foi com o desgosto e a tristeza de ser o derradeiro da raça. O seu sucessor era mesmo um triste inválido, o mais patético dos fracassos.

Enterrado pelo filho com as honras devidas.

Naquela noite, em vez do canecão de café preto se concede, apesar de abstêmio, uma taça do caríssimo vinho tinto – agite e sinta o inebriante buquê!

Acende um charuto oloroso do estojo com brasão pessoal.

Cruza os sapatões folgados (o defunto era maior) na beira da escrivaninha, com mil escaninhos a devassar.

Já não é o piolho boiando à flor da água servida.

Mais tarde estende na cama do casal a camisola com florinhas da mãe. Deita-se ao lado, no vinco profundo que moldou o corpanzil do rival ausente.

E dorme, sereno, como não faz há muitos anos.

Bebido o vinho, fumado o charuto, calçado o sapato, se deu por satisfeito.

Doravante o capitoso vinho e seu louvado buquê poderá azedar na prateleira.

O charuto há de mofar no estojo forrado de veludo carmesim.

E os famosos calçados de verniz ressecarão esquecidos no armário.

Herdeiro único e universal de todos os bens. Antes não fosse. Com tamanha fortuna, perplexo e aflito. De tanto dinheiro, o que fazer?

Aceita a oferta de grupo concorrente e vende com lucro a empresa. O seu procurador, e colaborador antigo de confiança do pai, orienta-o na aplicação mais vantajosa do capital.

Agora na casa, somente ele e a velha cozinheira, que desde a infância o acompanha. Fechada a porta, podem bater, já não recebe ninguém, O telefone se esgoela de tanto chamar. Não atende nem deixa que.

E tranca-se na orgulhosa solidão. Juiz, promotor, carrasco de si mesmo. Minotauro míope arrastando o chinelo nas mil voltas do seu íntimo labirinto.

Vez por outra, abre o grande guarda-roupa e contempla amoroso a coleção intacta de vestidos. Não resiste e aspira de olho fechado as dobras ainda impregnadas do perfume evanescente.

Raro visita o seu armário, abarrotado de ternos, camisas, jaquetas. Evita cuidoso olhar no espelho.

Ali o espectro dum caniço barbudo e gemente que coça as perebas.

Esquálido, longa barba grisalha, numa névoa de cigarro barato. Os dentes, é verdade, apodreceram – antes a cera corrosiva do farmacêutico que a broca do dentista? Sempre o mesmo pijama de cor indecisa, enxovalhado e puído, se não roto, que se recusa a trocar.

Só não chegue perto – ui! o arrepio do beijo da morte de relento azedo.

Cada vez mais impaciente no trato dos negócios. De tudo e todos suspeita. No procurador já não se fia. Reluta em investir neste ou noutro banco. Para endossar um cheque demora dias, semanas, meses. Passa a esconder pacotes de dinheiro no fundo de gavetas e armários.

Instado pelo procurador a uma decisão urgente, ouve os argumentos que não escuta. Desconversa e se perde em digressões.

Diante da janela, contemplativo:

– Por que, me diga o senhor, é a corruíra a primeira a cantar manhã cedinho?

– ...

– E que motivo tem um bichinho assim pequeno para ser tão alegre?

Após um tempo.

– Já reparou naquele chorão?

– ...

– Por que tantos e variados verdes nas suas folhas?

Mudando de assunto:

– E por que todas as mulheres...

Queria dizer a velha criada.

– ...cismam que uma lagartixa já vai cair na sua cabeça?

Argentário, que ignora o valor da pecúnia.

Sua única referência é o preço da carteira de cigarro. Ao anúncio de cada aumento, ordena que a velha remate correndinho o estoque no boteco da esquina.

Vidraça descida, ele se move no ambiente fétido e nebuloso de mil tocos de cigarro, sugados até a última tragada.

A tevê sempre acesa, a que assiste de pé. Sentar é um sacrifício, a não ser torto, meio de lado, hemorroidoso crônico.

Como se entretém ao longo dos dias iguais?

Examina as manchas de goteira no forro e na parede – conhece uma por uma.

Ou se distrai com a dança das sombras no abajur de cristal.

Meia hora debruçado na pia, lavando a mesma xícara, o mesmo pires, a mesma colherinha.

A velha não resiste:

– Você não tem medo, meu filho?

– Lá sou filho da... Que merda.

– Com essas tuas manias.

– Quantas vezes já...

— Não tem medo de acabar maluco?

Nem se digna responder. Por três dias já não a olha nem lhe dirige a palavra.

Ferozes batalhas incruentas por nadicas e ninharias – sabe o flagelo de conviver sem trégua com um neurótico? – são travadas ali no território comum da cozinha, com arreganhos e maldições da velha e, da parte dele, chorrilho de palavrões, perdigotos e anátemas de profeta antigo na imponente barba desgrenhada e esvoaçante.

Toda santa que ela é, jura vingança de tamanha ingratidão.

Por que não algumas gotas do detergente verde para temperar o seu caldo predileto de feijão com aletria?

Ó indulgência feminina que tudo perdoa.

Em vez da última ceia fatal, serve-lhe conciliadora o mais fofo de todos os pães de ló.

Pronto ele acorda no meio da noite, tão aflito que acende a luz.

— Meu Deus, ó meu Deus! O que foi que fiz da minha vida?

Não é que o pai tinha mesmo razão? Na disputa implacável entre os dois seria do morto a palavra final.

— Me responda, ó Deus, por favor.

Silêncio.

— Acaso podia ter sido diferente?

De que serve agora. Se ele porventura...? Quem sabe o pai...? Frívolo exercício de licença poética.

A despeito de tantos erros – a famosa dieta de café, chocolate, cigarro – é um forte. Até melhor de saúde. Já belisca o trivial, graças aos desvelos e quitutes da cozinheira.

Conta durar mais que o velho. Só pelo gostinho de.

Renova sempre a assinatura do jornal preferido do pai. Despreza as notícias de terremoto, ataque terrorista, inundação diluviana. O interesse antes nos pequenos anúncios que no fim do mundo.

Lê, meticuloso, um por um. Sublinha os mais singulares em canetas de várias cores, segundo o grau de curiosidade.

Depois dobra cuidadosamente as folhas e guarda numa pilha que, ano a ano, cresce avassaladora.

A montanha de jornais antigos invade em surdina a casa. E conquista, aos poucos, balcões, mesas, cadeiras, bancos.

Se reproduz incontrolável.

E sobe vorazmente pelas paredes.

O jardim de inverno sem acesso, a porta obstruída. O quarto de solteiro, chão ao teto, atravancado.

Com os anos, um aposento, mais um, depois outro são ocupados – sob o protesto inútil da velha – pelas colunas triunfantes de papéis amarelecidos, que ameaçam desmoronar sobre o carreiro tortuoso.

Sem sucesso as tentativas da inimiga, rejeitadas e proibidas.

– Não se atreva, sua bruxa!
– Mas por quê?

– Se eu quiser, hein? um dia reler uma notícia que me interessa, hein?

– ...

– E pode muito bem, né?

– ?

– ...estar nessa folha jogada fora!

À sombra das pirâmides em marcha, piolho tossicante, ele se refugia num cantinho diante da tevê.

Epa! O controle remoto na mão, todo se agiganta, poderoso:

– Eu sou maior que o pai dos pais.

Onipotente.

– Da minha poltrona governo o mundo!

O ANÃO E A NINFETA

Ele de pé, eu sentado, os dois do mesmo tamanho. Fala comigo, mas não me vê. Só tem olhos (uai! chispas furtivas de volúpia) para as lindas mocinhas da loja. Essas pérfidas que guardam distância prudente da sua mãozinha pequena, mas boba.

Garboso no *jeans* e tênis incrementado. Seriam da loja de criança? Vigia a passagem da gerente e dela esconde o copinho de café – toma três a quatro, com bastante açúcar.

Um forte, desafia de peito aberto a legião dos bárbaros de Golias. Sacola branca no ombro, correndinho no passo miúdo e rebolante, empinando a nalguinha e – macho não sente frio – sempre de manga curta.

Se esgueira pela cidade, cuidoso de não ser atropelado, pisoteado, esmagado por uma pata de gigante caolho solto nas ruas. Ninguém nunca o desvia – suma vocezinho da frente, e já!

Eu te saúdo, valentão do mundo.

Ó maldito mundo, onde todos – exceto o nosso herói! – têm três metros de altura. Ai, o eterno torcicolo de olhar sempre para o alto. Nas ruas à mercê desses brutamontes que, entretidos com celulares e fones de ouvido, podem já espezinhá-lo – uma folha seca chutada pelo vento.

Ó grandes barões de negócios! Ó míseros caçadores míopes de moscas!

Primo Santuro se chama. Não admite apelido, exige por inteiro o nome. Embora mal chegue à altura da mesa, faz todo o serviço externo da loja, paga as contas no banco, despacha carta e impresso, reconhece firma.

Aprendeu a aceitar o nanismo, sem protesto. Um capricho da natureza? Pois sim. Uma falseta de Deus? Que seja. Arrostaria os rinocerontes das ruas e os mastodontes da vida com as suas diminutas forças e armas – ainda fossem de mentirinha.

Verdade que baixinha a mãe, mas não o pai, alto e bonitão. Por ele desdenhado, que o enjeita e não lhe reconhece a bravura.

– Você é que devia ter morrido. Não o teu irmão Paulo!

Bravura e grandeza. Na sua batalha obscura, não menos épica, um guerreiro impávido colosso, ombro direito curvado ao peso da sacola. O ladrão, ao arrebatá-la, arrasta-o com ela?

Descuidoso, leva o seu dinheiro no bolso traseiro da calça. Se alguém o adverte do risco, já se encrespa:

– Pilantra comigo nenhum se arrisca!

De repente um alvoroço – gritinhos e risos nervosos – na roda de ninfetas, o que foi? não foi? foi o nosso herói que passou.

Tremei, pais de família – Don Juanito sai à caça!

O maior assanhado por moça. E, bobo não é, prefere as bonitas. Com elas gasta o salário, assume dívida, paga juro abusivo. Ai, os banquetes da vida – os mais suculentos! – fora de alcance. Elas, as suas deusas, se recusam a enxergá-lo, essa mínima formiguinha no ínfimo chão.

Não basta se fazer mais pequenino para espertar o instinto materno das divas. Anjinho implume, sim. Mas perverso. Deve aliciá-las com lanche e presente, relógio de pulso para uma, pacote de bombom para outra.

Insiste em beijinho na face das bancárias, que se curvam, divertidas e meio assustadas. Pergunta uma delas:

– Mais alguma coisa?

E o nosso herói:

– Só me falta você!

Lá se vai rindo gostoso e sacudindo a bundinha alegre.

Única feita visitou o 4 Bicos, famoso palácio do prazer. Com o taxista esperando no pátio, esbanjava numa tarde o salário do mês. Forte vocação, já se vê, de formiga pródiga.

Ao ecoar no relógio da Catedral a sexta pancada do crepúsculo, se retira o funcionário exemplar e no fundo do beco aponta o nosso herói nanico.

Ao sol prefere a luz negra dos inferninhos.

Lá é amigo do rei do pedaço. Bem aceito na barra pesada, um tipo de mascote safado. Toma todas: cerveja, rum, conhaque, vinho, uísque – o que vier. Sempre alguma proeza a contar.

Olhinho aceso pelas garçonetes e putinhas do Hula-Hula. Acertado o preço, vai com a peça ao hotelzinho suspeito da São Francisco. Priápico, vangloria-se do bom desempenho, a fama indiscutida dos anões. Ainda bem que, deitadas, todas ficam – ó maravilha! – do seu tamanhinho.

Pena que, ao acordar, o bolsinho revirado no avesso – pô! outra vez?

Único assunto as mocinhas bonitas, família ou programa, de todas cativo. A elas consagra, dedica e oferece a minúscula vida. Além de consumir o salário, solta cheque sem fundo, honrado afinal pela mãezinha indulgente.

Três da manhã, desperta o nosso herói, sedento, olhinho mortiço. Epa! surrupiada a jaqueta nova – em que bar? por qual vigarista? E o reloginho de pulso – epa!, digo eu, mais um? Até a cuequinha, ó Senhor, no quarto de encontros amorosos?

Nu, ao lado da cama – ainda menor descalço. A cabeçorra no corpo de garoto. Tristinho de morrer, infeliz, quebradiço de tão frágil.

E sempre que se vê no espelho, orra!, tem de olhar pra baixo.

De palavra polissílaba engole no mínimo uma delas. Divide a humanidade em inibidos e exibidos. Ele é exi...do (epa! uma sílaba de menos), já foi ini...do. Agora corre intimorato à luta. Telefona a uma de suas ninfas e convida para o chazinho.

– Posso levar o meu noivo?

A resposta da ingrata e linda. Mas não se abate. Outra será menos difícil.

Só de criança não gosta – curiosa, indiscreta, cruel. Como perdoá-la, se não para de crescer, a desgracida? Rodeiam-no em grupo, querem tocá-lo, boquiabertas. Uma corcova, oba!, esfregá-la para dar sorte. Um bobo de circo? Uma aberração? Um espirro de gente?

– Veja, mãe. O hominho, que engraçado... Deixa brincar com ele?

A pronta resposta:

– Mais bonita é a mãezinha. Que tal eu e ela? O joão-teimoso de duas costas?

Bem se perturba ao cruzar com outro da sua pequenice. Tropeça no vazio, faz que não vê. Mais triste quando em fantasia colorida de palhaço na porta de uma loja.

Mas não se entrega. Já engole um copinho de café atrás do outro, com muito açúcar. Tão aflito, sempre um pingo preto ou pó branco na ponta do narigão rombudo e torto.

– Tudo bem, ainda bem.

Não tudo. Mesmo para o nosso volantim audaz na corda bamba – sem vara e sem rede.

As madrugas alegres, o mulherio, um cigarro aceso no outro, a bebida falsificada. Mais quantos Gardenal para os nervos?

Sim, o nosso herói... O mal sagrado de santos e césares.

Febre e taquicardia, 108 b.p.m.

Valoroso, morre, mas não se rende. Óculo escuro, desgrenhado, pudera, se recolheu às cinco da matina. Bacanal na casa de mulheres, excesso de conhaque e cerveja.

Desta vez discreto sobre a atuação na cama. E o novo remédio que devia tomar a cada quatro horas?

Perseguido pelo sonho recorrente com o pai. Manso e humilde (o que nunca foi), o velho déspota se queixa:

– Ai, o que me aconteceu?

E quem diria! Também ele... *um pigmeu.*

– Olhe só pra mim!

O *menor anão do mundo.*

Já não pode o tirano implacável, ah, não mais!, perseguir e ameaçar o filho. Que se ajoelha para entender o fiapo de voz lá embaixo:

– O culpado não sou eu.

Compassivo:

– Sei, pai. Eu sei.

Rentezinho ao chão, o cicio rouco de fúria:

– É você. Só você!

E sem aviso a paixão alucinada do nosso herói pela famosa Otília. Negros olhos sem fundo, as longilíneas pernas, oh, sim, coxas fosforescentes no escuro.

A sofredora mãe se assusta com as exigências de dinheiro:

– Meu filho, meu filho. Seja bobo. Essa fulana não presta.

– Se você visse, mãe, como é bonita!

– Mais bonita, mais traidora.

– A senhora não conhece.

– Moça má engana bem. Isso eu sei.

O falso amor de Otília (que, salvação dele, fugiu com um taxista gordo de óculo) durou trinta e um dias e cinco cheques sem fundo.

Na pontinha do pé forceja para abarcar – ai, tão curtos não fossem os braços! – a árvore florida dos prazeres e, nos galhos mais altos, colher os frutos proibidos chamados Soninha, Rosinha, Claudinha, quantos mais?

Bendita e louvada primavera. A tentação das mil ninfetas em flor pra cá pra lá. Vestido branco de musselina... minissaia vermelha... blusa decotada... sem sutiã, ulalá!

Exibem e oferecem aos olhos (ai, Senhor, só aos olhos) as graças mimos prendas – não é pedir demais ao seu miúdo e sofrido coração?

Ah, se ele pudesse... ah, se elas deixassem... Umas poucas palavrinhas (de três sílabas), porcas ou não, sopradas ao ouvido na hora certa. Delas arrancaria êxtases de lírios místicos! rosas despetaladas de gritinhos e desmaios!

Em vez disso, o quê? A loira pistoleira. Gardenal. Iodo no uísque. Receita mortífera.

Achado pela manhã no quarto sórdido de pensão.

O pequeno príncipe bandalho na sua estrelinha de luz negra.

Sem relógio de pulso. Sem cueca. Sem tênis.

No campo de batalha. Nu e despojado. Como deve ser o fim do herói.

Celebrado por anjos caídos. E putas viciosas, bandidas e cachorras.

Coleção L&PM POCKET (LANÇAMENTOS MAIS RECENTES)

85. Drácula – Bram Stoker
86. O marido complacente – Sade
87. De profundis – Oscar Wilde
88. Sem plumas – Woody Allen
89. Os bruzundangas – Lima Barreto
90. O cão dos Baskervilles – Arthur Conan Doyle
91. Paraísos artificiais – Charles Baudelaire
92. Cândido, ou o otimismo – Voltaire
93. Triste fim de Policarpo Quaresma – Lima Barreto
94. Amor de perdição – Camilo Castelo Branco
95. A megera domada – Shakespeare / trad. Millôr
96. O mulato – Aluísio Azevedo
97. O alienista – Machado de Assis
98. O livro dos sonhos – Jack Kerouac
99. Noite na taverna – Álvares de Azevedo
100. Aura – Carlos Fuentes
102. Contos gauchescos e Lendas do sul – Simões Lopes Neto
103. O cortiço – Aluísio Azevedo
104. Marília de Dirceu – T. A. Gonzaga
105. O Primo Basílio – Eça de Queiroz
106. O ateneu – Raul Pompéia
107. Um escândalo na Boêmia – Arthur Conan Doyle
108. Contos – Machado de Assis
109. 200 Sonetos – Luis Vaz de Camões
110. O príncipe – Maquiavel
111. A escrava Isaura – Bernardo Guimarães
112. O solteirão nobre – Conan Doyle
114. Shakespeare de A a Z – Shakespeare
115. A relíquia – Eça de Queiroz
117. Livro do corpo – Vários
118. Lira dos 20 anos – Álvares de Azevedo
119. Esaú e Jacó – Machado de Assis
120. A barcarola – Pablo Neruda
121. Os conquistadores – Júlio Verne
122. Contos breves – G. Apollinaire
123. Taipi – Herman Melville
124. Livro dos desaforos – org. de Sergio Faraco
125. A mão e a luva – Machado de Assis
126. Doutor Miragem – Moacyr Scliar
127. O penitente – Isaac B. Singer
128. Diários da descoberta da América – Cristóvão Colombo
129. Édipo Rei – Sófocles
130. Romeu e Julieta – Shakespeare
131. Hollywood – Bukowski
132. Billy the Kid – Pat Garrett
133. Cuca fundida – Woody Allen
134. O jogador – Dostoiévski
135. O livro da selva – Rudyard Kipling
136. O vale do terror – Arthur Conan Doyle
137. Dançar tango em Porto Alegre – S. Faraco
138. O gaúcho – Carlos Reverbel
139. A volta ao mundo em oitenta dias – J. Verne
140. O livro dos esnobes – W. M. Thackeray
141. Amor & morte em Poodle Springs – Raymond Chandler & R. Parker
142. As aventuras de David Balfour – Stevenson
143. Alice no país das maravilhas – Lewis Carroll
144. A ressurreição – Machado de Assis
145. Inimigos, uma história de amor – I. Singer
146. O Guarani – José de Alencar
147. A cidade e as serras – Eça de Queiroz
148. Eu e outras poesias – Augusto dos Anjos
149. A mulher de trinta anos – Balzac
150. Pomba enamorada – Lygia F. Telles
151. Contos fluminenses – Machado de Assis
152. Antes de Adão – Jack London
153. Intervalo amoroso – A.Romano de Sant'Anna
154. Memorial de Aires – Machado de Assis
155. Naufrágios e comentários – Cabeza de Vaca
156. Ubirajara – José de Alencar
157. Textos anarquistas – Bakunin
159. Amor de salvação – Camilo Castelo Branco
160. O gaúcho – José de Alencar
161. O livro das maravilhas – Marco Polo
162. Inocência – Visconde de Taunay
163. Helena – Machado de Assis
164. Uma estação de amor – Horácio Quiroga
165. Poesia reunida – Martha Medeiros
166. Memórias de Sherlock Holmes – Conan Doyle
167. A vida de Mozart – Stendhal
168. O primeiro terço – Neal Cassady
169. O mandarim – Eça de Queiroz
170. Um espinho de marfim – Marina Colasanti
171. A ilustre Casa de Ramires – Eça de Queiroz
172. Lucíola – José de Alencar
173. Antígona – Sófocles – trad. Donaldo Schüler
174. Otelo – William Shakespeare
175. Antologia – Gregório de Matos
176. A liberdade de imprensa – Karl Marx
177. Casa de pensão – Aluísio Azevedo
178. São Manuel Bueno, Mártir – Unamuno
179. Primaveras – Casimiro de Abreu
180. O noviço – Martins Pena
181. O sertanejo – José de Alencar
182. Eurico, o presbítero – Alexandre Herculano
183. O signo dos quatro – Conan Doyle
184. Sete anos no Tibet – Heinrich Harrer
185. Vagamundo – Eduardo Galeano
186. De repente acidentes – Carl Solomon
187. As minas de Salomão – Rider Haggar
188. Uivo – Allen Ginsberg
189. A ciclista solitária – Conan Doyle
190. Os seis bustos de Napoleão – Conan Doyle
191. Cortejo do divino – Nelida Piñon
194. Os crimes do amor – Marquês de Sade
195. Besame Mucho – Mário Prata
196. Tuareg – Alberto Vázquez-Figueroa
197. O longo adeus – Raymond Chandler

199. **Notas de um velho safado** – Bukowski
200. **111 ais** – Dalton Trevisan
201. **O nariz** – Nicolai Gogol
202. **O capote** – Nicolai Gogol
203. **Macbeth** – William Shakespeare
204. **Heráclito** – Donaldo Schüler
205. **Você deve desistir, Osvaldo** – Cyro Martins
206. **Memórias de Garibaldi** – A. Dumas
207. **A arte da guerra** – Sun Tzu
208. **Fragmentos** – Caio Fernando Abreu
209. **Festa no castelo** – Moacyr Scliar
210. **O grande deflorador** – Dalton Trevisan
212. **Homem do princípio ao fim** – Millôr Fernandes
213. **Aline e seus dois namorados (1)** – A. Iturrusgarai
214. **A juba do leão** – Sir Arthur Conan Doyle
215. **Assassino metido a esperto** – R. Chandler
216. **Confissões de um comedor de ópio** – Thomas De Quincey
217. **Os sofrimentos do jovem Werther** – Goethe
218. **Fedra** – Racine / Trad. Millôr Fernandes
219. **O vampiro de Sussex** – Conan Doyle
220. **Sonho de uma noite de verão** – Shakespeare
221. **Dias e noites de amor e de guerra** – Galeano
222. **O Profeta** – Khalil Gibran
223. **Flávia, cabeça, tronco e membros** – M. Fernandes
224. **Guia da ópera** – Jeanne Suhamy
225. **Macário** – Álvares de Azevedo
226. **Etiqueta na prática** – Celia Ribeiro
227. **Manifesto do partido comunista** – Marx & Engels
228. **Poemas** – Millôr Fernandes
229. **Um inimigo do povo** – Henrik Ibsen
230. **O paraíso destruído** – Frei B. de las Casas
231. **O gato no escuro** – Josué Guimarães
232. **O mágico de Oz** – L. Frank Baum
233. **Armas no Cyrano's** – Raymond Chandler
234. **Max e os felinos** – Moacyr Scliar
235. **Nos céus de Paris** – Alcy Cheuiche
236. **Os bandoleiros** – Schiller
237. **A primeira coisa que eu botei na boca** – Deonísio da Silva
238. **As aventuras de Simbad, o marújo**
239. **O retrato de Dorian Gray** – Oscar Wilde
240. **A carteira de meu tio** – J. Manuel de Macedo
241. **A luneta mágica** – J. Manuel de Macedo
242. **A metamorfose** – Kafka
243. **A flecha de ouro** – Joseph Conrad
244. **A ilha do tesouro** – R. L. Stevenson
245. **Marx - Vida & Obra** – José A. Giannotti
246. **Gênesis**
247. **Unidos para sempre** – Ruth Rendell
248. **A arte de amar** – Ovídio
249. **O sono eterno** – Raymond Chandler
250. **Novas receitas do Anonymus Gourmet** – J.A.P.M.
251. **A nova catacumba** – Arthur Conan Doyle
252. **Dr. Negro** – Arthur Conan Doyle
253. **Os voluntários** – Moacyr Scliar
254. **A bela adormecida** – Irmãos Grimm
255. **O príncipe sapo** – Irmãos Grimm
256. **Confissões e Memórias** – H. Heine
257. **Viva o Alegrete** – Sergio Faraco
258. **Vou estar esperando** – R. Chandler
259. **A senhora Beate e seu filho** – Schnitzler
260. **O ovo apunhalado** – Caio Fernando Abreu
261. **O ciclo das águas** – Moacyr Scliar
262. **Millôr Definitivo** – Millôr Fernandes
264. **Viagem ao centro da Terra** – Júlio Verne
265. **A dama do lago** – Raymond Chandler
266. **Caninos brancos** – Jack London
267. **O médico e o monstro** – R. L. Stevenson
268. **A tempestade** – William Shakespeare
269. **Assassinatos na rua Morgue** – E. Allan Poe
270. **99 corruíras nanicas** – Dalton Trevisan
271. **Broquéis** – Cruz e Sousa
272. **Mês de cães danados** – Moacyr Scliar
273. **Anarquistas – vol. 1 – A idéia** – G.Woodcock
274. **Anarquistas – vol. 2 – O movimento** – G.Woodcock
275. **Pai e filho, filho e pai** – Moacyr Scliar
276. **As aventuras de Tom Sawyer** – Mark Twain
277. **Muito barulho por nada** – W. Shakespeare
278. **Elogio da loucura** – Erasmo
279. **Autobiografia de Alice B. Toklas** – G. Stein
280. **O chamado da floresta** – J. London
281. **Uma agulha para o diabo** – Ruth Rendell
282. **Verdes vales do fim do mundo** – A. Bivar
283. **Ovelhas negras** – Caio Fernando Abreu
284. **O fantasma de Canterville** – O. Wilde
285. **Receitas de Yayá Ribeiro** – Celia Ribeiro
286. **A galinha degolada** – H. Quiroga
287. **O último adeus de Sherlock Holmes** – A. Conan Doyle
288. **A. Gourmet *em* Histórias de cama & mesa** – J. A. Pinheiro Machado
289. **Topless** – Martha Medeiros
290. **Mais receitas do Anonymus Gourmet** – J. A. Pinheiro Machado
291. **Origens do discurso democrático** – D. Schüler
292. **Humor politicamente incorreto** – Nani
293. **O teatro do bem e do mal** – E. Galeano
294. **Garibaldi & Manoela** – J. Guimarães
295. **10 dias que abalaram o mundo** – John Reed
296. **Numa fria** – Bukowski
297. **Poesia de Florbela Espanca** vol. 1
298. **Poesia de Florbela Espanca** vol. 2
299. **Escreva certo** – E. Oliveira e M. E. Bernd
300. **O vermelho e o negro** – Stendhal
301. **Ecce homo** – Friedrich Nietzsche
302(7). **Comer bem, sem culpa** – Dr. Fernando Lucchese, A. Gourmet e Iotti
303. **O livro de Cesário Verde** – Cesário Verde
305. **100 receitas de macarrão** – S. Lancellotti
306. **160 receitas de molhos** – S. Lancellotti
307. **100 receitas light** – H. e Â. Tonetto
308. **100 receitas de sobremesas** – Celia Ribeiro
309. **Mais de 100 dicas de churrasco** – Leon Diziekaniak
310. **100 receitas de acompanhamentos** – C. Cabeda
311. **Honra ou vendetta** – S. Lancellotti
312. **A alma do homem sob o socialismo** – Oscar Wilde
313. **Tudo sobre Yôga** – Mestre De Rose

314. Os varões assinalados – Tabajara Ruas
315. Édipo em Colono – Sófocles
316. Lisístrata – Aristófanes / trad. Millôr
317. Sonhos de Bunker Hill – John Fante
318. Os deuses de Raquel – Moacyr Scliar
319. O colosso de Marússia – Henry Miller
320. As eruditas – Molière / trad. Millôr
321. Radicci 1 – Iotti
322. Os Sete contra Tebas – Ésquilo
323. Brasil Terra à vista – Eduardo Bueno
324. Radicci 2 – Iotti
325. Júlio César – William Shakespeare
326. A carta de Pero Vaz de Caminha
327. Cozinha Clássica – Sílvio Lancellotti
328. Madame Bovary – Gustave Flaubert
329. Dicionário do viajante insólito – M. Scliar
330. O capitão saiu para o almoço... – Bukowski
331. A carta roubada – Edgar Allan Poe
332. É tarde para saber – Josué Guimarães
333. O livro de bolso da Astrologia – Maggy Harrisonx e Mellina Li
334. 1933 foi um ano ruim – John Fante
335. 100 receitas de arroz – Aninha Comas
336. Guia prático do Português correto – vol. 1 – Cláudio Moreno
337. Bartleby, o escriturário – H. Melville
338. Enterrem meu coração na curva do rio – Dee Brown
339. Um conto de Natal – Charles Dickens
340. Cozinha sem segredos – J. A. P. Machado
341. A dama das Camélias – A. Dumas Filho
342. Alimentação saudável – H. e Â. Tonetto
343. Continhos galantes – Dalton Trevisan
344. A Divina Comédia – Dante Alighieri
345. A Dupla Sertanojo – Santiago
346. Cavalos do amanhecer – Mario Arregui
347. Biografia de Vincent van Gogh por sua cunhada – Jo van Gogh-Bonger
348. Radicci 3 – Iotti
349. Nada de novo no front – E. M. Remarque
350. A hora dos assassinos – Henry Miller
351. Flush – Memórias de um cão – Virginia Woolf
352. A guerra no Bom Fim – M. Scliar
353(1). O caso Saint-Fiacre – Simenon
354(2). Morte na alta sociedade – Simenon
355(3). O cão amarelo – Simenon
356(4). Maigret e o homem do banco – Simenon
357. As uvas e o vento – Pablo Neruda
358. On the road – Jack Kerouac
359. O coração amarelo – Pablo Neruda
360. Livro das perguntas – Pablo Neruda
361. Noite de Reis – William Shakespeare
362. Manual de Ecologia – vol.1 – J. Lutzenberger
363. O mais longo dos dias – Cornelius Ryan
364. Foi bom prá você? – Nani
365. Crepusculário – Pablo Neruda
366. A comédia dos erros – Shakespeare
367(5). A primeira investigação de Maigret – Simenon
368(6). As férias de Maigret – Simenon
369. Mate-me por favor (vol.1) – L. McNeil
370. Mate-me por favor (vol.2) – L. McNeil
371. Carta ao pai – Kafka
372. Os vagabundos iluminados – J. Kerouac
373(7). O enforcado – Simenon
374(8). A fúria de Maigret – Simenon
375. Vargas, uma biografia política – H. Silva
376. Poesia reunida (vol.1) – A. R. de Sant'Anna
377. Poesia reunida (vol.2) – A. R. de Sant'Anna
378. Alice no país do espelho – Lewis Carroll
379. Residência na Terra 1 – Pablo Neruda
380. Residência na Terra 2 – Pablo Neruda
381. Terceira Residência – Pablo Neruda
382. O delírio amoroso – Bocage
383. Futebol ao sol e à sombra – E. Galeano
384(9). O porto das brumas – Simenon
385(10). Maigret e seu morto – Simenon
386. Radicci 4 – Iotti
387. Boas maneiras & sucesso nos negócios – Celia Ribeiro
388. Uma história Farroupilha – M. Scliar
389. Na mesa ninguém envelhece – J. A. Pinheiro Machado
390. 200 receitas inéditas do Anonymus Gourmet – J. A. Pinheiro Machado
391. Guia prático do Português correto – vol.2 – Cláudio Moreno
392. Breviário das terras do Brasil – Assis Brasil
393. Cantos Cerimoniais – Pablo Neruda
394. Jardim de Inverno – Pablo Neruda
395. Antonio e Cleópatra – William Shakespeare
396. Tróia – Cláudio Moreno
397. Meu tio matou um cara – Jorge Furtado
398. O anatomista – Federico Andahazi
399. As viagens de Gulliver – Jonathan Swift
400. Dom Quixote – (v. 1) – Miguel de Cervantes
401. Dom Quixote – (v. 2) – Miguel de Cervantes
402. Sozinho no Pólo Norte – Thomaz Brandolin
403. Matadouro 5 – Kurt Vonnegut
404. Delta de Vênus – Anaïs Nin
405. O melhor de Hagar 2 – Dik Browne
406. É grave Doutor? – Nani
407. Orai pornô – Nani
408(11). Maigret em Nova York – Simenon
409(12). O assassino sem rosto – Simenon
410(13). O mistério das jóias roubadas – Simenon
411. A irmãzinha – Raymond Chandler
412. Três contos – Gustave Flaubert
413. De ratos e homens – John Steinbeck
414. Lazarilho de Tormes – Anônimo do séc. XVI
415. Triângulo das águas – Caio Fernando Abreu
416. 100 receitas de carnes – Sílvio Lancellotti
417. Histórias de robôs: vol. 1 – org. Isaac Asimov
418. Histórias de robôs: vol. 2 – org. Isaac Asimov
419. Histórias de robôs: vol. 3 – org. Isaac Asimov
420. O país dos centauros – Tabajara Ruas
421. A república de Anita – Tabajara Ruas
422. A carga dos lanceiros – Tabajara Ruas
423. Um amigo de Kafka – Isaac Singer
424. As alegres matronas de Windsor – Shakespeare

425. **Amor e exílio** – Isaac Bashevis Singer
426. **Use & abuse do seu signo** – Marília Fiorillo e Marylou Simonsen
427. **Pigmaleão** – Bernard Shaw
428. **As fenícias** – Eurípides
429. **Everest** – Thomaz Brandolin
430. **A arte de furtar** – Anônimo do séc. XVI
431. **Billy Bud** – Herman Melville
432. **A rosa separada** – Pablo Neruda
433. **Elegia** – Pablo Neruda
434. **A garota de Cassidy** – David Goodis
435. **Como fazer a guerra: máximas de Napoleão** – Balzac
436. **Poemas escolhidos** – Emily Dickinson
437. **Gracias por el fuego** – Mario Benedetti
438. **O sofá** – Crébillon Fils
439. **O "Martín Fierro"** – Jorge Luis Borges
440. **Trabalhos de amor perdidos** – W. Shakespeare
441. **O melhor de Hagar 3** – Dik Browne
442. **Os Maias (volume1)** – Eça de Queiroz
443. **Os Maias (volume2)** – Eça de Queiroz
444. **Anti-Justine** – Restif de La Bretonne
445. **Juventude** – Joseph Conrad
446. **Contos** – Eça de Queiroz
447. **Janela para a morte** – Raymond Chandler
448. **Um amor de Swann** – Marcel Proust
449. **À paz perpétua** – Immanuel Kant
450. **A conquista do México** – Hernan Cortez
451. **Defeitos escolhidos e 2000** – Pablo Neruda
452. **O casamento do céu e do inferno** – William Blake
453. **A primeira viagem ao redor do mundo** – Antonio Pigafetta
454(14). **Uma sombra na janela** – Simenon
455(15). **A noite da encruzilhada** – Simenon
456(16). **A velha senhora** – Simenon
457. **Sartre** – Annie Cohen-Solal
458. **Discurso do método** – René Descartes
459. **Garfield em grande forma (1)** – Jim Davis
460. **Garfield está de dieta** (2) – Jim Davis
461. **O livro das feras** – Patricia Highsmith
462. **Viajante solitário** – Jack Kerouac
463. **Auto da barca do inferno** – Gil Vicente
464. **O livro vermelho dos pensamentos de Millôr** – Millôr Fernandes
465. **O livro dos abraços** – Eduardo Galeano
466. **Voltaremos!** – José Antonio Pinheiro Machado
467. **Rango** – Edgar Vasques
468(8). **Dieta mediterrânea** – Dr. Fernando Lucchese e José Antonio Pinheiro Machado
469. **Radicci 5** – Iotti
470. **Pequenos pássaros** – Anaïs Nin
471. **Guia prático do Português correto – vol.3** – Cláudio Moreno
472. **Atire no pianista** – David Goodis
473. **Antologia Poética** – García Lorca
474. **Alexandre e César** – Plutarco
475. **Uma espiã na casa do amor** – Anaïs Nin
476. **A gorda do Tiki Bar** – Dalton Trevisan
477. **Garfield um gato de peso (3)** – Jim Davis
478. **Canibais** – David Coimbra
479. **A arte de escrever** – Arthur Schopenhauer
480. **Pinóquio** – Carlo Collodi
481. **Misto-quente** – Bukowski
482. **A lua na sarjeta** – David Goodis
483. **O melhor do Recruta Zero (1)** – Mort Walker
484. **Aline: TPM – tensão pré-monstrual (2)** – Adão Iturrusgarai
485. **Sermões do Padre Antonio Vieira**
486. **Garfield numa boa (4)** – Jim Davis
487. **Mensagem** – Fernando Pessoa
488. **Vendeta** *seguido de* **A paz conjugal** – Balzac
489. **Poemas de Alberto Caeiro** – Fernando Pessoa
490. **Ferragus** – Honoré de Balzac
491. **A duquesa de Langeais** – Honoré de Balzac
492. **A menina dos olhos de ouro** – Honoré de Balzac
493. **O lírio do vale** – Honoré de Balzac
494(17). **A barcaça da morte** – Simenon
495(18). **As testemunhas rebeldes** – Simenon
496(19). **Um engano de Maigret** – Simenon
497(1). **A noite das bruxas** – Agatha Christie
498(2). **Um passe de mágica** – Agatha Christie
499(3). **Nêmesis** – Agatha Christie
500. **Esboço para uma teoria das emoções** – Sartre
501. **Renda básica de cidadania** – Eduardo Suplicy
502(1). **Pílulas para viver melhor** – Dr. Lucchese
503(2). **Pílulas para prolongar a juventude** – Dr. Lucchese
504(3). **Desembarcando o diabetes** – Dr. Lucchese
505(4). **Desembarcando o sedentarismo** – Dr. Fernando Lucchese e Cláudio Castro
506(5). **Desembarcando a hipertensão** – Dr. Lucchese
507(6). **Desembarcando o colesterol** – Dr. Fernando Lucchese e Fernanda Lucchese
508. **Estudos de mulher** – Balzac
509. **O terceiro tira** – Flann O'Brien
510. **100 receitas de aves e ovos** – J. A. P. Machado
511. **Garfield em toneladas de diversão** (5) – Jim Davis
512. **Trem-bala** – Martha Medeiros
513. **Os cães ladram** – Truman Capote
514. **O Kama Sutra de Vatsyayana**
515. **O crime do Padre Amaro** – Eça de Queiroz
516. **Odes de Ricardo Reis** – Fernando Pessoa
517. **O inverno da nossa desesperança** – Steinbeck
518. **Piratas do Tietê (1)** – Laerte
519. **Rê Bordosa: do começo ao fim** – Angeli
520. **O Harlem é escuro** – Chester Himes
521. **Café-da-manhã dos campeões** – Kurt Vonnegut
522. **Eugénie Grandet** – Balzac
523. **O último magnata** – F. Scott Fitzgerald
524. **Carol** – Patricia Highsmith
525. **100 receitas de patisserie** – Sílvio Lancellotti
526. **O fator humano** – Graham Greene
527. **Tristessa** – Jack Kerouac
528. **O diamante do tamanho do Ritz** – Scott Fitzgerald
529. **As melhores histórias de Sherlock Holmes** – Arthur Conan Doyle
530. **Cartas a um jovem poeta** – Rilke

531(20). **Memórias de Maigret** – Simenon
532(4). **O misterioso sr. Quin** – Agatha Christie
533. **Os analectos** – Confúcio
534(21). **Maigret e os homens de bem** – Simenon
535(22). **O medo de Maigret** – Simenon
536. **Ascensão e queda de César Birotteau** – Balzac
537. **Sexta-feira negra** – David Goodis
538. **Ora bolas – O humor de Mario Quintana** – Juarez Fonseca
539. **Longe daqui aqui mesmo** – Antonio Bivar
540(5). **É fácil matar** – Agatha Christie
541. **O pai Goriot** – Balzac
542. **Brasil, um país do futuro** – Stefan Zweig
543. **O processo** – Kafka
544. **O melhor de Hagar 4** – Dik Browne
545(6). **Por que não pediram a Evans?** – Agatha Christie
546. **Fanny Hill** – John Cleland
547. **O gato por dentro** – William S. Burroughs
548. **Sobre a brevidade da vida** – Sêneca
549. **Geraldão (1)** – Glauco
550. **Piratas do Tietê (2)** – Laerte
551. **Pagando o pato** – Ciça
552. **Garfield de bom humor (6)** – Jim Davis
553. **Conhece o Mário?** vol.1 – Santiago
554. **Radicci 6** – Iotti
555. **Os subterrâneos** – Jack Kerouac
556(1). **Balzac** – François Taillandier
557(?). **Modigliani** – Christian Parisot
558(3). **Kafka** – Gérard-Georges Lemaire
559(4). **Júlio César** – Joël Schmidt
560. **Receitas da família** – J. A. Pinheiro Machado
561. **Boas maneiras à mesa** – Celia Ribeiro
562(9). **Filhos sadios, pais felizes** – R. Pagnoncelli
563(10). **Fatos & mitos** – Dr. Fernando Lucchese
564. **Ménage à trois** – Paula Taitelbaum
565. **Mulheres!** – David Coimbra
566. **Poemas de Álvaro de Campos** – Fernando Pessoa
567. **Medo e outras histórias** – Stefan Zweig
568. **Snoopy e sua turma (1)** – Schulz
569. **Piadas para sempre (1)** – Visconde da Casa Verde
570. **O alvo móvel** – Ross Macdonald
571. **O melhor do Recruta Zero (2)** – Mort Walker
572. **Um sonho americano** – Norman Mailer
573. **Os broncos também amam** – Angeli
574. **Crônica de um amor louco** – Bukowski
575(5). **Freud** – René Major e Chantal Talagrand
576(6). **Picasso** – Gilles Plazy
577(7). **Gandhi** – Christine Jordis
578. **A tumba** – H. P. Lovecraft
579. **O príncipe e o mendigo** – Mark Twain
580. **Garfield, um charme de gato (7)** – Jim Davis
581. **Ilusões perdidas** – Balzac
582. **Esplendores e misérias das cortesãs** – Balzac
583. **Walter Ego** – Angeli
584. **Striptiras (1)** – Laerte
585. **Fagundes: um puxa-saco de mão cheia** – Laerte
586. **Depois do último trem** – Josué Guimarães
587. **Ricardo III** – Shakespeare
588. **Dona Anja** – Josué Guimarães
589. **24 horas na vida de uma mulher** – Stefan Zweig
590. **O terceiro homem** – Graham Greene
591. **Mulher no escuro** – Dashiell Hammett
592. **No que acredito** – Bertrand Russell
593. **Odisséia (1): Telemaquia** – Homero
594. **O cavalo cego** – Josué Guimarães
595. **Henrique V** – Shakespeare
596. **Fabulário geral do delírio cotidiano** – Bukowski
597. **Tiros na noite 1: A mulher do bandido** – Dashiell Hammett
598. **Snoopy em Feliz Dia dos Namorados! (2)** – Schulz
599. **Mas não se matam cavalos?** – Horace McCoy
600. **Crime e castigo** – Dostoiévski
601(7). **Mistério no Caribe** – Agatha Christie
602. **Odisséia (2): Regresso** – Homero
603. **Piadas para sempre (2)** – Visconde da Casa Verde
604. **À sombra do vulcão** – Malcolm Lowry
605(8). **Kerouac** – Yves Buin
606. **E agora são cinzas** – Angeli
607. **As mil e uma noites** – Paulo Caruso
608. **Um assassino entre nós** – Ruth Rendell
609. **Crack-up** – F. Scott Fitzgerald
610. **Do amor** – Stendhal
611. **Cartas do Yage** – William Burroughs e Allen Ginsberg
612. **Striptiras (2)** – Laerte
613. **Henry & June** – Anaïs Nin
614. **A piscina mortal** – Ross Macdonald
615. **Geraldão (2)** – Glauco
616. **Tempo de delicadeza** – A. R. de Sant'Anna
617. **Tiros na noite 2: Medo de tiro** – Dashiell Hammett
618. **Snoopy em Assim é a vida, Charlie Brown! (3)** – Schulz
619. **1954 – Um tiro no coração** – Hélio Silva
620. **Sobre a inspiração poética (Íon) e ...** – Platão
621. **Garfield e seus amigos (8)** – Jim Davis
622. **Odisséia (3): Ítaca** – Homero
623. **A louca matança** – Chester Himes
624. **Factótum** – Bukowski
625. **Guerra e Paz: volume 1** – Tolstói
626. **Guerra e Paz: volume 2** – Tolstói
627. **Guerra e Paz: volume 3** – Tolstói
628. **Guerra e Paz: volume 4** – Tolstói
629(9). **Shakespeare** – Claude Mourthé
630. **Bem está o que bem acaba** – Shakespeare
631. **O contrato social** – Rousseau
632. **Geração Beat** – Jack Kerouac
633. **Snoopy: É Natal! (4)** – Charles Schulz
634(8). **Testemunha da acusação** – Agatha Christie
635. **Um elefante no caos** – Millôr Fernandes
636. **Guia de leitura (100 autores que você precisa ler)** – Organização de Léa Masina
637. **Pistoleiros também mandam flores** – David Coimbra
638. **O prazer das palavras** – vol. 1 – Cláudio Moreno

639. **O prazer das palavras** – vol. 2 – Cláudio Moreno
640. **Novíssimo testamento: com Deus e o diabo, a dupla da criação** – Iotti
641. **Literatura Brasileira: modos de usar** – Luís Augusto Fischer
642. **Dicionário de Porto-Alegrês** – Luís A. Fischer
643. **Clô Dias & Noites** – Sérgio Jockymann
644. **Memorial de Isla Negra** – Pablo Neruda
645. **Um homem extraordinário e outras histórias** – Tchékhov
646. **Ana sem terra** – Alcy Cheuiche
647. **Adultérios** – Woody Allen
648. **Para sempre ou nunca mais** – R. Chandler
649. **Nosso homem em Havana** – Graham Greene
650. **Dicionário Caldas Aulete de Bolso**
651. **Snoopy: Posso fazer uma pergunta, professora? (5)** – Charles Schulz
652.(10).**Luís XVI** – Bernard Vincent
653. **O mercador de Veneza** – Shakespeare
654. **Cancioneiro** – Fernando Pessoa
655. **Non-Stop** – Martha Medeiros
656. **Carpinteiros, levantem bem alto a cumeeira & Seymour, uma apresentação** – J.D.Salinger
657. **Ensaios céticos** – Bertrand Russell
658. **O melhor de Hagar 5** – Dik e Chris Browne
659. **Primeiro amor** – Ivan Turguêniev
660. **A trégua** – Mario Benedetti
661. **Um parque de diversões da cabeça** – Lawrence Ferlinghetti
662. **Aprendendo a viver** – Sêneca
663. **Garfield, um gato em apuros (9)** – Jim Davis
664. **Dilbert 1** – Scott Adams
665. **Dicionário de dificuldades** – Domingos Paschoal Cegalla
666. **A imaginação** – Jean-Paul Sartre
667. **O ladrão e os cães** – Naguib Mahfuz
668. **Gramática do português contemporâneo** – Celso Cunha
669. **A volta do parafuso** seguido de **Daisy Miller** – Henry James
670. **Notas do subsolo** – Dostoiévski
671. **Abobrinhas da Brasilônia** – Glauco
672. **Geraldão (3)** – Glauco
673. **Piadas para sempre (3)** – Visconde da Casa Verde
674. **Duas viagens ao Brasil** – Hans Staden
675. **Bandeira de bolso** – Manuel Bandeira
676. **A arte da guerra** – Maquiavel
677. **Além do bem e do mal** – Nietzsche
678. **O coronel Chabert** seguido de **A mulher abandonada** – Balzac
679. **O sorriso de marfim** – Ross Macdonald
680. **100 receitas de pescados** – Sílvio Lancellotti
681. **O juiz e seu carrasco** – Friedrich Dürrenmatt
682. **Noites brancas** – Dostoiévski
683. **Quadras ao gosto popular** – Fernando Pessoa
684. **Romanceiro da Inconfidência** – Cecília Meireles
685. **Kaos** – Millôr Fernandes
686. **A pele de onagro** – Balzac
687. **As ligações perigosas** – Choderlos de Laclos
688. **Dicionário de matemática** – Luiz Fernandes Cardoso
689. **Os Lusíadas** – Luís Vaz de Camões
690.(11).**Átila** – Éric Deschodt
691. **Um jeito tranqüilo de matar** – Chester Himes
692. **A felicidade conjugal** seguido de **O diabo** – Tolstói
693. **Viagem de um naturalista ao redor do mundo** – vol. 1 – Charles Darwin
694. **Viagem de um naturalista ao redor do mundo** – vol. 2 – Charles Darwin
695. **Memórias da casa dos mortos** – Dostoiévski
696. **A Celestina** – Fernando de Rojas
697. **Snoopy: Como você é azarado, Charlie Brown! (6)** – Charles Schulz
698. **Dez (quase) amores** – Claudia Tajes
699.(9).**Poirot sempre espera** – Agatha Christie
700. **Cecília de bolso** – Cecília Meireles
701. **Apologia de Sócrates** precedido de **Êutifron** e seguido de **Críton** – Platão
702. **Wood & Stock** – Angeli
703. **Striptiras (3)** – Laerte
704. **Discurso sobre a origem e os fundamentos da desigualdade entre os homens** – Rousseau
705. **Os duelistas** – Joseph Conrad
706. **Dilbert (2)** – Scott Adams
707. **Viver e escrever** (vol. 1) – Edla van Steen
708. **Viver e escrever** (vol. 2) – Edla van Steen
709. **Viver e escrever** (vol. 3) – Edla van Steen
710.(10).**A teia da aranha** – Agatha Christie
711. **O banquete** – Platão
712. **Os belos e malditos** – F. Scott Fitzgerald
713. **Libelo contra a arte moderna** – Salvador Dalí
714. **Akropolis** – Valerio Massimo Manfredi
715. **Devoradores de mortos** – Michael Crichton
716. **Sob o sol da Toscana** – Frances Mayes
717. **Batom na cueca** – Nani
718. **Vida dura** – Claudia Tajes
719. **Carne trêmula** – Ruth Rendell
720. **Cris, a fera** – David Coimbra
721. **O anticristo** – Nietzsche
722. **Como um romance** – Daniel Pennac
723. **Emboscada no Forte Bragg** – Tom Wolfe
724. **Assédio sexual** – Michael Crichton
725. **O espírito do Zen** – Alan W.Watts
726. **Um bonde chamado desejo** – Tennessee Williams
727. **Como gostais** seguido de **Conto de inverno** – Shakespeare
728. **Tratado sobre a tolerância** – Voltaire
729. **Snoopy: Doces ou travessuras? (7)** – Charles Schulz
730. **Cardápios do Anonymus Gourmet** – J.A. Pinheiro Machado
731. **100 receitas com lata** – J.A. Pinheiro Machado
732. **Conhece o Mário?** vol.2 – Santiago
733. **Dilbert (3)** – Scott Adams
734. **História de um louco amor** seguido de **Passado amor** – Horacio Quiroga
735.(11).**Sexo: muito prazer** – Laura Meyer da Silva
736.(12).**Para entender o adolescente** – Dr. Ronald Pagnoncelli

737(13).**Desembarcando a tristeza** – Dr. Fernando Lucchese
738.**Poirot e o mistério da arca espanhola & outras histórias** – Agatha Christie
739.**A última legião** – Valerio Massimo Manfredi
740.**As virgens suicidas** – Jeffrey Eugenides
741.**Sol nascente** – Michael Crichton
742.**Duzentos ladrões** – Dalton Trevisan
743.**Os devaneios do caminhante solitário** – Rousseau
744.**Garfield, o rei da preguiça (10)** – Jim Davis
745.**Os magnatas** – Charles R. Morris
746.**Pulp** – Charles Bukowski
747.**Enquanto agonizo** – William Faulkner
748.**Aline: viciada em sexo (3)** – Adão Iturrusgarai
749.**A dama do cachorrinho** – Anton Tchékhov
750.**Tito Andrônico** – Shakespeare
751.**Antologia poética** – Anna Akhmátova
752.**O melhor de Hagar 6** – Dik e Chris Browne
753(12).**Michelangelo** – Nadine Sautel
754.**Dilbert (4)** – Scott Adams
755.**O jardim das cerejeiras** *seguido de* **Tio Vânia** – Tchékhov
756.**Geração Beat** – Claudio Willer
757.**Santos Dumont** – Alcy Cheuiche
758.**Budismo** – Claude B. Levenson
759.**Cleópatra** – Christian-Georges Schwentzel
760.**Revolução Francesa** – Frédéric Bluche, Stéphane Rials e Jean Tulard
761.**A crise de 1929** – Bernard Gazier
762.**Sigmund Freud** – Edson Sousa e Paulo Endo
763.**Império Romano** – Patrick Le Roux
764.**Cruzadas** – Cécile Morrisson
765.**O mistério do Trem Azul** – Agatha Christie
766.**Os escrúpulos de Maigret** – Simenon
767.**Maigret se diverte** – Simenon
768.**Senso comum** – Thomas Paine
769.**O parque dos dinossauros** – Michael Crichton
770.**Trilogia da paixão** – Goethe
771.**A simples arte de matar** (vol.1) – R. Chandler
772.**A simples arte de matar** (vol.2) – R. Chandler
773.**Snoopy: No mundo da lua! (8)** – Charles Schulz
774.**Os Quatro Grandes** – Agatha Christie
775.**Um brinde de cianureto** – Agatha Christie
776.**Súplicas atendidas** – Truman Capote
777.**Ainda restam aveleiras** – Simenon
778.**Maigret e o ladrão preguiçoso** – Simenon
779.**A viúva imortal** – Millôr Fernandes
780.**Cabala** – Roland Goetschel
781.**Capitalismo** – Claude Jessua
782.**Mitologia grega** – Pierre Grimal
783.**Economia: 100 palavras-chave** – Jean-Paul Betbèze
784.**Marxismo** – Henri Lefebvre
785.**Punição para a inocência** – Agatha Christie
786.**A extravagância do morto** – Agatha Christie
787(13).**Cézanne** – Bernard Fauconnier
788.**A identidade Bourne** – Robert Ludlum
789.**Da tranquilidade da alma** – Sêneca
790.**Um artista da fome** *seguido de* **Na colônia penal e outras histórias** – Kafka
791.**Histórias de fantasmas** – Charles Dickens
792.**A louca de Maigret** – Simenon
793.**O amigo de infância de Maigret** – Simenon
794.**O revólver de Maigret** – Simenon
795.**A fuga do sr. Monde** – Simenon
796.**O Uraguai** – Basílio da Gama
797.**A mão misteriosa** – Agatha Christie
798.**Testemunha ocular do crime** – Agatha Christie
799.**Crepúsculo dos ídolos** – Friedrich Nietzsche
800.**Maigret e o negociante de vinhos** – Simemon
801.**Maigret e o mendigo** – Simenon
802.**O grande golpe** – Dashiell Hammett
803.**Humor barra pesada** – Nani
804.**Vinho** – Jean-François Gautier
805.**Egito Antigo** – Sophie Desplancques
806(14).**Baudelaire** – Jean-Baptiste Baronian
807.**Caminho da sabedoria, caminho da paz** – Dalai Lama e Felizitas von Schönborn
808.**Senhor e servo e outras histórias** – Tolstói
809.**Os cadernos de Malte Laurids Brigge** – Rilke
810.**Dilbert (5)** – Scott Adams
811.**Big Sur** – Jack Kerouac
812.**Seguindo a correnteza** – Agatha Christie
813.**O álibi** – Sandra Brown
814.**Montanha-russa** – Martha Medeiros
815.**Coisas da vida** – Martha Medeiros
816.**A cantada infalível** *seguido de* **A mulher do centroavante** – David Coimbra
817.**Maigret e os crimes do cais** – Simenon
818.**Sinal vermelho** – Simenon
819.**Snoopy: Pausa para a soneca (9)** – Charles Schulz
820.**De pernas pro ar** – Eduardo Galeano
821.**Tragédias gregas** – Pascal Thiercy
822.**Existencialismo** – Jacques Colette
823.**Nietzsche** – Jean Granier
824.**Amar ou depender?** – Walter Riso
825.**Darmapada: A doutrina budista em versos**
826.**J'Accuse...! – a verdade em marcha** – Zola
827.**Os crimes ABC** – Agatha Christie
828.**Um gato entre os pombos** – Agatha Christie
829.**Maigret e o sumiço do sr. Charles** – Simenon
830.**Maigret e a morte do jogador** – Simenon
831.**Dicionário de teatro** – Luiz Paulo Vasconcellos
832.**Cartas extraviadas** – Martha Medeiros
833.**A longa viagem de prazer** – J. J. Morosoli
834.**Receitas fáceis** – J. A. Pinheiro Machado
835(14).**Mais fatos & mitos** – Dr. Fernando Lucchese
836.(15).**Boa viagem!** – Dr. Fernando Lucchese
837.**Aline: Finalmente nua!!!** (4) – Adão Iturrusgarai
838.**Mônica tem uma novidade!** – Mauricio de Sousa
839.**Cebolinha em apuros!** – Mauricio de Sousa
840.**Sócios no crime** – Agatha Christie
841.**Bocas do tempo** – Eduardo Galeano
842.**Orgulho e preconceito** – Jane Austen
843.**Impressionismo** – Dominique Lobstein
844.**Escrita chinesa** – Viviane Alleton
845.**Paris: uma história** – Yvan Combeau
846(15).**Van Gogh** – David Haziot
847.**Maigret e o corpo sem cabeça** – Simenon
848.**Portal do destino** – Agatha Christie

849. **O futuro de uma ilusão** – Freud
850. **O mal-estar na cultura** – Freud
851. **Maigret e o matador** – Simenon
852. **Maigret e o fantasma** – Simenon
853. **Um crime adormecido** – Agatha Christie
854. **Satori em Paris** – Jack Kerouac
855. **Medo e delírio em Las Vegas** – Hunter Thompson
856. **Um negócio fracassado e outros contos de humor** – Tchékhov
857. **Mônica está de férias!** – Mauricio de Sousa
858. **De quem é esse coelho?** – Mauricio de Sousa
859. **O burgomestre de Furnes** – Simenon
860. **O mistério Sittaford** – Agatha Christie
861. **Manhã transfigurada** – Luiz Antonio de Assis Brasil
862. **Alexandre, o Grande** – Pierre Briant
863. **Jesus** – Charles Perrot
864. **Islã** – Paul Balta
865. **Guerra da Secessão** – Farid Ameur
866. **Um rio que vem da Grécia** – Cláudio Moreno
867. **Maigret e os colegas americanos** – Simenon
868. **Assassinato na casa do pastor** – Agatha Christie
869. **Manual do líder** – Napoleão Bonaparte
870.(16).**Billie Holiday** – Sylvia Fol
871. **Bidu arrasando!** – Mauricio de Sousa
872. **Desventuras em família** – Mauricio de Sousa
873. **Liberty Bar** – Simenon
874. **E no final a morte** – Agatha Christie
875. **Guia prático do Português correto – vol. 4** – Cláudio Moreno
876. **Dilbert (6)** – Scott Adams
877.(17).**Leonardo da Vinci** – Sophie Chauveau
878. **Bella Toscana** – Frances Mayes
879. **A arte da ficção** – David Lodge
880. **Striptiras (4)** – Laerte
881. **Skrotinhos** – Angeli
882. **Depois do funeral** – Agatha Christie
883. **Radicci 7** – Iotti
884. **Walden** – H. D. Thoreau
885. **Lincoln** – Allen C. Guelzo
886. **Primeira Guerra Mundial** – Michael Howard
887. **A linha de sombra** – Joseph Conrad
888. **O amor é um cão dos diabos** – Bukowski
889. **Maigret sai em viagem** – Simenon
890. **Despertar: uma vida de Buda** – Jack Kerouac
891.(18).**Albert Einstein** – Laurent Seksik
892. **Hell's Angels** – Hunter Thompson
893. **Ausência na primavera** – Agatha Christie
894. **Dilbert (7)** – Scott Adams
895. **Ao sul de lugar nenhum** – Bukowski
896. **Maquiavel** – Quentin Skinner
897. **Sócrates** – C.C.W. Taylor
898. **A casa do canal** – Simenon
899. **O Natal de Poirot** – Agatha Christie
900. **As veias abertas da América Latina** – Eduardo Galeano
901. **Snoopy: Sempre alerta! (10)** – Charles Schulz
902. **Chico Bento: Plantando confusão** – Mauricio de Sousa
903. **Penadinho: Quem é morto sempre aparece** – Mauricio de Sousa
904. **A vida sexual da mulher feia** – Claudia Tajes
905. **100 segredos de liquidificador** – José Antonio Pinheiro Machado
906. **Sexo muito prazer 2** – Laura Meyer da Silva
907. **Os nascimentos** – Eduardo Galeano
908. **As caras e as máscaras** – Eduardo Galeano
909. **O século do vento** – Eduardo Galeano
910. **Poirot perde uma cliente** – Agatha Christie
911. **Cérebro** – Michael O'Shea
912. **O escaravelho de ouro e outras histórias** – Edgar Allan Poe
913. **Piadas para sempre (4)** – Visconde da Casa Verde
914. **100 receitas de massas light** – Helena Tonetto
915.(19).**Oscar Wilde** – Daniel Salvatore Schiffer
916. **Uma breve história do mundo** – H. G. Wells
917. **A Casa do Penhasco** – Agatha Christie
918. **Maigret e o finado sr. Gallet** – Simenon
919. **John M. Keynes** – Bernard Gazier
920.(20).**Virginia Woolf** – Alexandra Lemasson
921. **Peter e Wendy** seguido de **Peter Pan em Kensington Gardens** – J. M. Barrie
922. **Aline: numas de colegial (5)** – Adão Iturrusgarai
923. **Uma dose mortal** – Agatha Christie
924. **Os trabalhos de Hércules** – Agatha Christie
925. **Maigret na escola** – Simenon
926. **Kant** – Roger Scruton
927. **A inocência do Padre Brown** – G.K. Chesterton
928. **Casa Velha** – Machado de Assis
929. **Marcas de nascença** – Nancy Huston
930. **Aulete de bolso**
931. **Hora Zero** – Agatha Christie
932. **Morte na Mesopotâmia** – Agatha Christie
933. **Um crime na Holanda** – Simenon
934. **Nem te conto, João** – Dalton Trevisan
935. **As aventuras de Huckleberry Finn** – Mark Twain
936.(21).**Marilyn Monroe** – Anne Plantagenet
937. **China moderna** – Rana Mitter
938. **Dinossauros** – David Norman
939. **Louca por homem** – Claudia Tajes
940. **Amores de alto risco** – Walter Riso
941. **Jogo de damas** – David Coimbra
942. **Filha é filha** – Agatha Christie
943. **M ou N?** – Agatha Christie
944. **Maigret se defende** – Simenon
945. **Bidu: diversão em dobro!** – Mauricio de Sousa
946. **Fogo** – Anaïs Nin
947. **Rum: diário de um jornalista bêbado** – Hunter Thompson
948. **Persuasão** – Jane Austen
949. **Lágrimas na chuva** – Sergio Faraco
950. **Mulheres** – Bukowski
951. **Um pressentimento funesto** – Agatha Christie

952. **Cartas na mesa** – Agatha Christie
953. **Maigret em Vichy** – Simenon
954. **O lobo do mar** – Jack London
955. **Os gatos** – Patricia Highsmith
956(22). **Jesus** – Christiane Rancé
957. **História da medicina** – William Bynum
958. **O Morro dos Ventos Uivantes** – Emily Brontë
959. **A filosofia na era trágica dos gregos** – Nietzsche
960. **Os treze problemas** – Agatha Christie
961. **A massagista japonesa** – Moacyr Scliar
962. **A taberna dos dois tostões** – Simenon
963. **Humor do miserê** – Nani
964. **Todo o mundo tem dúvida, inclusive você** – Édison de Oliveira
965. **A dama do Bar Nevada** – Sergio Faraco
966. **O Smurf Repórter** – Peyo
967. **O Bebê Smurf** – Peyo
968. **Maigret e os flamengos** – Simenon
969. **O psicopata americano** – Bret Easton Ellis
970. **Ensaios de amor** – Alain de Botton
971. **O grande Gatsby** – F. Scott Fitzgerald
972. **Por que não sou cristão** – Bertrand Russell
973. **A Casa Torta** – Agatha Christie
974. **Encontro com a morte** – Agatha Christie
975(23). **Rimbaud** – Jean-Baptiste Baronian
976. **Cartas na rua** – Bukowski
977. **Memória** – Jonathan K. Foster
978. **A abadia de Northanger** – Jane Austen
979. **As pernas de Úrsula** – Claudia Tajes
980. **Retrato inacabado** – Agatha Christie
981. **Solanin (1)** – Inio Asano
982. **Solanin (2)** – Inio Asano
983. **Aventuras de menino** – Mitsuru Adachi
984(16). **Fatos & mitos sobre sua alimentação** – Dr. Fernando Lucchese
985. **Teoria quântica** – John Polkinghorne
986. **O eterno marido** – Fiódor Dostoiévski
987. **Um safado em Dublin** – J. P. Donleavy
988. **Mirinha** – Dalton Trevisan
989. **Akhenaton e Nefertiti** – Carmen Seganfredo e A. S. Franchini
990. **On the Road – o manuscrito original** – Jack Kerouac
991. **Relatividade** – Russell Stannard
992. **Abaixo de zero** – Bret Easton Ellis
993(24). **Andy Warhol** – Mériam Korichi
994. **Maigret** – Simenon
995. **Os últimos casos de Miss Marple** – Agatha Christie
996. **Nico Demo** – Mauricio de Sousa
997. **Maigret e a mulher do ladrão** – Simenon
998. **Rousseau** – Robert Wokler
999. **Noite sem fim** – Agatha Christie
1000. **Diários de Andy Warhol (1)** – Editado por Pat Hackett
1001. **Diários de Andy Warhol (2)** – Editado por Pat Hackett
1002. **Cartier-Bresson: o olhar do século** – Pierre Assouline
1003. **As melhores histórias da mitologia: vol. 1** – A.S. Franchini e Carmen Seganfredo
1004. **As melhores histórias da mitologia: vol. 2** – A.S. Franchini e Carmen Seganfredo
1005. **Assassinato no beco** – Agatha Christie
1006. **Convite para um homicídio** – Agatha Christie
1007. **Um fracasso de Maigret** – Simenon
1008. **História da vida** – Michael J. Benton
1009. **Jung** – Anthony Stevens
1010. **Arsène Lupin, ladrão de casaca** – Maurice Leblanc
1011. **Dublinenses** – James Joyce
1012. **120 tirinhas da Turma da Mônica** – Mauricio de Sousa
1013. **Antologia poética** – Fernando Pessoa
1014. **A aventura de um cliente ilustre** *seguido de* **O último adeus de Sherlock Holmes** – Sir Arthur Conan Doyle
1015. **Cenas de Nova York** – Jack Kerouac
1016. **A corista** – Anton Tchékhov
1017. **O diabo** – Leon Tolstói
1018. **Fábulas chinesas** – Sérgio Capparelli e Márcia Schmaltz
1019. **O gato do Brasil** – Sir Arthur Conan Doyle
1020. **Missa do Galo** – Machado de Assis
1021. **O mistério de Marie Rogêt** – Edgar Allan Poe
1022. **A mulher mais linda da cidade** – Bukowski
1023. **O retrato** – Nicolai Gogol
1024. **O conflito** – Agatha Christie
1025. **Os primeiros casos de Poirot** – Agatha Christie
1026. **Maigret e o cliente de sábado** – Simenon
1027(25). **Beethoven** – Bernard Fauconnier
1028. **Platão** – Julia Annas
1029. **Cleo e Daniel** – Roberto Freire
1030. **Til** – José de Alencar
1031. **Viagens na minha terra** – Almeida Garrett
1032. **Profissões para mulheres e outros artigos feministas** – Virginia Woolf
1033. **Mrs. Dalloway** – Virginia Woolf
1034. **O cão da morte** – Agatha Christie
1035. **Tragédia em três atos** – Agatha Christie
1036. **Maigret hesita** – Simenon
1037. **O fantasma da Ópera** – Gaston Leroux
1038. **Evolução** – Brian e Deborah Charlesworth
1039. **Medida por medida** – Shakespeare
1040. **Razão e sentimento** – Jane Austen
1041. **A obra-prima ignorada** *seguido de* **Um episódio durante o Terror** – Balzac
1042. **A fugitiva** – Anaïs Nin
1043. **As grandes histórias da mitologia greco--romana** – A. S. Franchini
1044. **O corno de si mesmo & outras historietas** – Marquês de Sade
1045. **Da felicidade** *seguido de* **Da vida retirada** – Sêneca
1046. **O horror em Red Hook e outras histórias** – H. P. Lovecraft

COLEÇÃO **64** PÁGINAS

LIVROS QUE CUSTAM SEMPRE R$ 5,00!

DO TAMANHO DO SEU TEMPO.
E DO SEU BOLSO

E-BOOKS R$ 3,00!

L&PM POCKET

IMPRESSÃO:

Pallotti
Santa Maria - RS - Fone/Fax: (55) 3220.4500
www.pallotti.com.br